KB173969

식민지 조선 괴담집

경성의 새벽 2시

이 저서는 2007년 정부(교육과학기술부)의 재원으로 한국연구재단의 지원을 받아 수행된 연구임(NRF-2007-362-A00019).

식민지 조선 괴담집

경성의 새벽 2시

편용우 · 나카무라 시즈요 편역

역락

경복궁 천록(天鹿)

머리말

괴담이라고 하면 흔히 공포영화 <링>이나 <여고괴담> 등과 같이 여자 귀신이 등장하는 끔찍한 이야기를 연상할 것이다. 어느 시대에나 존재하는 무서운 귀신의 복수담은 사회 제도로는 해결하기 힘든 인간의 부조리와 어두운 이면을 들추어 세상에 드러나게 한다. 이처럼 괴담은 그것이 픽션이든 실화이든 사람들로 하여금 인간의 이면을 들여다보게 함으로써 '오싹한 기분'을 경험하게 하며, 또 이를 통해 삶의 불안과 강박을 잠시나마 잊게 해준다. 사람들이 괴담을 즐기는 이유는 바로 여기에 있다.

『식민지 조선 괴담집－경성의 새벽 2시』에 수록된 9편의 괴담은 한일 합방을 전후한 시기 식민지 조선에 건너 온 일본인이 창작한 이야기들로 이루어져 있다. 이들 괴담 속에는 당시 재조선 일본인들의 실생활과 식민지 조선의 공간성이 선명하게 기록되어 있다. 그런데 이야기 속에는 괴담 특유의 음산함이나 참혹함, 피투성이의 복수담, 소름 끼치는 전율 등이 포함되어 있지 않다. 다만 식민지 조선에서의 일상 속에서 일어나는 기괴한 이야기만이 존재할 뿐이다. 이는 반남(落語)이나 고단(講談), 가부키(歌舞伎)를 통해 에도(江戸)시대부터 반복되어 오던 「요쓰야 괴담(四谷怪談)」과 「반초사라야시키(番町皿屋敷)」와 같은 일본의 고전적인 괴담과는 구별되는 재조선 일본인 사회에서 창작된 괴담의 특징이기도 하다.

그렇다면 식민지 조선을 무대로 한 당시 일본인의 괴담은 대체로 어떠한 특징을 지니고 있었을까? 이는 다음과 같이 크게 세 가지로 정리된다. 첫째, 근대 과학만능주의에 의한 심령학적 관점이 투영되어 있다. 둘째, 지배층으로서 식민지를 바라보는 재조선 일본인의 시선이 반영되어 있다. 셋째, 이국땅에 사는 일본인의 공동체의식이 드러나 있다.

메이지유신(明治維新) 이후 서양 사상을 도입하기에 여념이 없었던 일본에서는 민중의 문화와 밀착된 귀신이야기나 요괴담, 불가사의에 대해 과학적으로 탐구하고자 하는 심령학을 수용하였다. 그와 함께 텔레파시, 천리안(千里眼), 영혼(靈魂) 등 미지의 현상이 학문적 연구 대상이 되었다. 수록된 9편의 괴담 곳곳에 '영혼불멸(靈魂不滅)'이라는 말이 등장하듯, 식민지를 배경으로 한 괴담은 더 이상 '귀신'이나 '유령'에 관한 흥밋거리에 머물지 않고 인간의 영혼이 불멸하다는 사실을 실증적으로 파헤치고자 하는 근대인의 욕구가 반영된 이야기로 새롭게 인식되었던 것이다.

본서에 실린 괴담 대부분은 잡지사 기자와 문필에 취미가 있는 일본 지식인들에 의해 창작되어 조선에서 간행된 일본어잡지[1] 문예란에 실렸다. 당시의 방대한 일본어 문예물 중 괴담과 미신에 관련된 74편은 이미 일본자료총서11『식민지 조선 일본어 삽지의 괴담・미신』[2]에 수록된 바 있으며, 본서에는 그 자료 중 9편의 괴담을 엄선하여 한국어로 번역하게 되었다. 이들 9편은 모두 창작 괴담으로, 재조선 일본인의 생활과 식민지 경성의 풍경을 고스란히 담아내고 있다.

식민지 조선의 대표적인 일본어잡지였던『조선공론(朝鮮公論)』(1913-1944)에는 본서에 수록된 5편의 작품 이외에도 13편의 괴담이 게재되었다. 이렇게『조선공론』문예란에 창작 괴담물이 비교적 활발히 실린 이유는,『조선공론』편집부가 엄격한 언론 통제를 피하기 위해 정치적 논조를 완화시키는 대신 문예란의 인물평론, 스캔들 르포, 화류계 기사에 큰 비중을 둠으로써 독자를 확보하려 하였기 때문이다.

---

1) 당시 조선에서 발행된 일본어잡지에는 조선총독부발행『조선 및 만주(朝鮮及滿州)』(1908-1941),『조선공론(朝鮮公論)』(1913-1944), 조선총독부경무총감부발행『경무휘보(警務彙報)』(1908-1936), 조선총독부 학무국조선교육회발행『문교 조선(文教の朝鮮)』(1925-1945), 녹기연맹발행『녹기(綠旗)』(1936-1944), 조선전매협회발행『전매통보(專賣通報)』(『전매 조선(專賣の朝鮮)』)(1926-1935), 조선체신협회발행『조선체신(朝鮮遞信)』(1917-194?), 조선금융조합연합회발행『금융조합(金融組合)』(1928- 194?) 등이 있었다.

2) 이충호・나카무라 시즈요 편저,『식민지 조선 일본어 잡지의 괴담・미신』(학고방, 1914).

이러한 배경 하에, 『조선공론』 창간 당시부터 문필 활동의 중심 인물로 활약하던 이는 「실화 혼마치 괴담—여자의 소매에 저주의 짚 인형」과 「괴담—아이의 사랑에 끌려서」의 저자인 고초시(胡蝶子), 본명 이시모리 히사야(石森久彌)[3]였다. 그는 1913년 조선으로 건너와 조선공론사 사회부의 연파(軟派) 기자를 거쳐 1925년에는 조선공론사 사장 마키야마 고조(牧山耕藏)에게서 경영권을 양도받아 조선을 대표하는 언론인으로 출세하였다.

이시모리의 초기 작품은 메이지 시대에 일본에서 인기를 끌던 소신문(小新聞)[4]의 형식을 모방하여 세상의 진기한 사건들을 각색을 거쳐 읽을거리로 만들거나 사람들의 하찮은 소문을 콩트로 만든 것들이었다. 앞에서 언급한 두 작품이 바로 여기에 해당된다. 그가 괴담을 통해 전하려고 한 메시지는 '이제 괴담은 먼 옛날에 있었던 무서운 이야기가 아니다. 지금 이 순간 바로 우리가 살고 있는 경성에서도 일어날 수 있는 이야기다.'라는 점이었다.

이시모리의 후임으로 『조선공론』 문예란을 맡았던 사람은 마쓰모토 요이치로(松本與一郎)[5]였다. 그의 주요 집필 활동은 마쓰모토

---

3) 이시모리 히사야(石森久彌, 1891-?) : 1913년에 조선에 건너와 조선공론사 입사. 그후 편집장을 거쳐 1925년에 동사 사장으로 취임. 『조선통치 비판(朝鮮統治の批判)』, 『조선통치의 근본의의(朝鮮統治の根本意義)』 등의 저서가 있다

4) 소신문이란 지식인을 대상으로 정론(政論)을 주체로 한 대신문(大新聞)과 달리 서민들에게 인기가 있었던 오락적인 신문을 가리킨다.

데루카(松本輝華)라는 필명에 의한 영화 평론이었으나, 본편에 수록되어 있는 「봄의 괴담－경성의 새벽 2시(春宵怪談－京城の丑満刻)」라는 괴담 한 편을 남기기도 하였다. 그런데 그의 경력이 말해주듯, 「봄의 괴담－경성의 새벽 2시」는 활동사진관을 공간적 배경으로 하는 부분이 포함되어 있다. 그리고 한 장면 한 장면이 카메라의 시선으로 비춰지는 시나리오 형식을 갖추고 있으며 등장인물 또한 매우 다양하다. 이 작품에는 일본에서 조선으로 건너 온 두부장수, 이민 마을의 농부 겐시치(源七), 그의 딸들과 사의인 도급업자(請負業者)와 광산가(鉱山家), 일본인 가정에 종사하는 하녀, 그리고 유곽의 여성들 등이 나온다.

이 작품에서 특히 기이한 점은, 식민지에서 생활하던 이들 일본인의 이야기가 마치 일본의 촬영 세트장에서 일어나고 있는 것과 같이 영화적 환영을 제공한다는 점이다. 그 이유는 마쓰모토로 대변되는 재조선 일본인이 그들만의 시선으로 세계를 인식한 결과 조선 사회의 현실을 전혀 그려내지 못하였기 때문이다.

교와라베(京童)의 「돌사자의 괴이(石獅子の怪)」와 무라야마 지준(村山智順)[6]의 「이상한 하얀 목(変った白首)」은 조선의 괴담을 소재

5) 마쓰모토 요이치로(松本與一郎). 조선공론사 기자. 필명 마쓰모토 데루카(松本輝華). 『조선공론』 주필로써 <반도문예> <공론문단> <영화계 통신> 등, 1920년대를 중심으로 활동했다.

로 하여 창작된 작품이다. 이 두 작품을 통해 일본인들이 조선의 괴담에 대해 관심을 갖고 있었음을 알 수 있다. 조선의 괴담이나 전설, 옛이야기에 대한 일본인들의 관심은 조선총독부의 일본어 기관지 『경성일보(京城日報)』(1906-1945)를 통해서도 확인 가능하다. 신문 지상에는 조선의 괴기한 이야기를 모집하는 광고가 실렸음은 물론, 경성의 유적지에 얽힌 불가사의한 이야기나 전설들이 <전설의 도시・거리의 괴담(傳説の都・町の怪談)>이라는 별도의 란에 연재되기도 하였다.

한편 「아이의 사랑에 끌려서」의 '미신을 믿지 않는 도 장관'이라는 표현과 「돌사자의 괴이」의 '미신을 깊이 믿는 조선인'과 같은 표현은 '미신'을 비과학적이고 미개의 상징으로 보았던 당시 일본인의 문명론적 시선을 나타내고 있다. 또한 이를 통해, 당시 조선인의 미신 신봉에 대해 부정적 입장을 취하는 동시에 조선의 괴담이나 기이한 현상에 흥미와 관심을 보였던 재조선 일본인의 이중적 입장을 발견할 수 있다.

이러한 상황에서 최남선(崔南善)[7]은 「조선의 괴담(朝鮮の怪談)」이

6) 무라야마 지준(村山智順)은 조선총독부의 촉탁(囑託)이었다. 총독부 중추기관에서 사정자료조사를 담당하였으며, 특히 민족조사, 민간신앙과 의례전승의 조사를 주도하였다. 『조선의 풍습(朝鮮の習俗)』(조선총독부, 1928), 『조선의 귀신(朝鮮の鬼神)』(조선총독부, 1929년) 등 많은 민속학 자료를 남겼다.

7) 최남선(1890-1957). 한국의 사학자, 문인. 잡지 『소년』을 창간. 한국 근대문학의

라는 제목으로 조선총독부 도서관 강연회를 진행하였다. 아울러, 이와 비슷한 시기인 1937년 10월 14일부터 총독부 조선어 기관지 『매일신보(每日申報)』에 「괴담」이라는 제목의 그의 평론이 총 9회에 걸쳐 게재되었다. 괴담은 단순히 그로테스크한 취미와 오락물로서만 존재하는 것이 아니라 민족의 문화와 역사를 알게 하는 통로가 될 수도 있다는 그의 주장은, 조선인 사회에서 단순 오락물로 인식되고 있던 괴담을 하나의 민중 문화로 등극시키는 데 크게 기여하였던 것이다.

식민지 조선에서 일본인에 의해 창작된 일련의 괴담들은 무엇보다 오락성이 짙은 읽을거리였다. 경성 시내를 방황하는 여자 귀신의 형상, 사람들이 실제로 체험한 무서운 이야기, 세상을 떠도는 괴상한 소문들이 무섭지만 재미있게 그려져 있기 때문이다. 그러나 괴담이 비추는 사회 이면에는 모국을 떠나 외지에서 살아가던 일본인이 감당해야 할 냉엄한 현실이 동시에 존재하였다. 「봄의 괴담－경성의 새벽 2시」에 등장하는 하녀 오시즈(お靜)가 죽자, 일본의 고향에 살던 오빠가 그녀의 유골을 거두어 가는 장면은 재조선 일본인에게 있어서 조선은 결국 '외지' 즉 '이국'에 불과하였음을 드러내고 있다. 아울러 그들의 괴담의 근저에는 일제의 식민

선구자이다. 총독부도서관 강연회 당시(1938), 조선총독부 중추원 참의였다.

지배가 언제까지 지속될 수 있을까 하는 불투명한 미래에 대한 근심과 불안이 자리하였을는지도 모른다.

본서에 수록된 재조선 일본인의 여러 괴담은 마치 '제국 일본'이라는 세트장에서 촬영된 한 편의 영화와도 같은 것이다. 나막신 소리를 울리며 떠들썩하게 왕래하던 경성 일본인 거리도, 마치 촬영이 끝나면 아무것도 없는 공터에 돌아가 버리는 세트장과 같이 현재 서울에서는 당시의 모습을 찾아보기 어려워졌다. 그것은 「돌사자의 괴기」의 첫머리에서 조선총독부 청사 건축을 위해 철거되었던 돌다리와 공터에 구르는 돌사자상의 모습을 통해 과거 명성황후 시대를 회상하는 것과 같은 방식이지나 정반대의 내용으로 비춰진다. 이렇듯, 괴담은 시간의 흐름과 함께 반복적으로 등장하면서도 시대에 따라 그 양상을 달리하는 인간이 만들고 향유하고 전승하는 하나의 문화 양식이라 할 수 있다. 괴담을 통해 시대를 가늠하고 역사를 이해하며 현실과 미래를 진단해야 하는 이유는 바로 여기에 존재한다.

나카무라 시즈요

차 례

∥ 실화 혼마치괴담 ∥

여자의 소매에 저주의 짚 인형

●

고초시(胡蝶子)

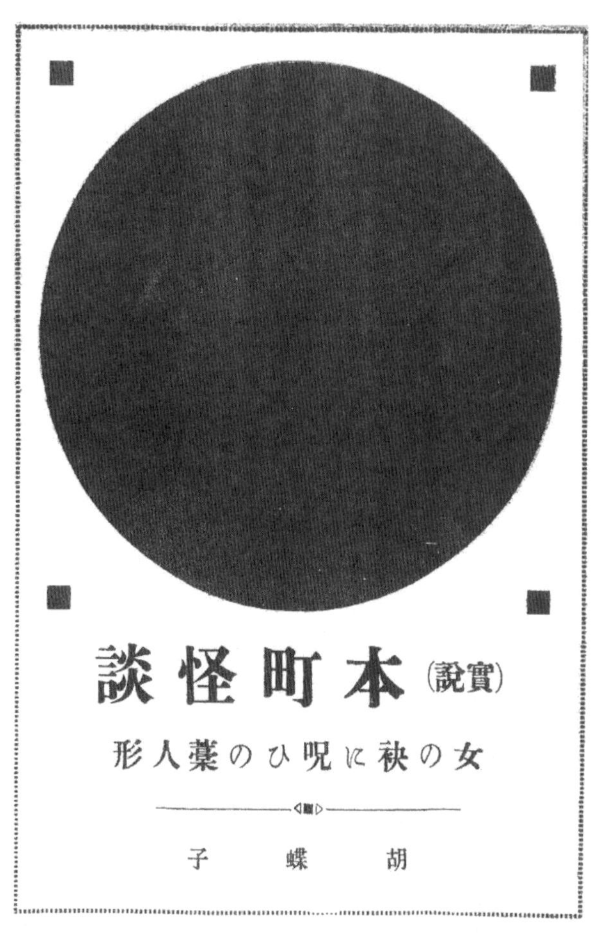

고초시(胡蝶子) 「실화 혼마치괴담 – 여자의 소매에 저주의 짚인형(実説本町怪談 – 女の袂に呪ひの藁人形)」 『朝鮮公論』 第6巻8号, 1918.8

어느 여름 밤

그 사모님은 정말 상냥한 분이셨는데 병이 병인지라 나으리께서도 별로 사모님 가까이에 다가가지 않으시더군요……. 라고, 여자는 그 때 있었던 일을 말하기 시작했다. 여름밤은 깊어지고, 장마가 시작된 조선의 하늘에는 별 하나도 보이지 않는다. 미지근한 바람에 실려 온 습한 기운이 피부에 닿을 때마다 이상하게 기분이 불쾌하다. 미닫이문은 굳게 닫혀 있었다.

(이하 여자 이야기)

그 당시 저는 그 부부로부터 총애를 받고 있었습니다. 그 집 주소는 혼마치(本町) 5번지이었지요. 사모님이 막 병을 앓기 시작한 즈음에는 나으리께서도 매우 지극정성으로 병간호를 하셨는데 점점 병이 깊어가자 더럭 겁이 나셨는지 방에 발도 들여놓지 않게 되었답니다. 사모님의 병은 히스테리가 심해져서 아무래도 발광하는 것 같았어요.

소복차림으로

나으리께서 술자리로 귀가가 늦어지면 새근새근 주무시는 줄만 알았던 사모님은 느릿느릿하게 안방에서 나와서 화장대가 있는 방으로 들어가십니다. 저는 사모님 몸 상태가 걱정스러워 그 방을 살짝 들여다봤습니다. 사모님은 거울을 향해 예쁘게 화장하고 계십니다. 하지만 어찌된 일인지 입 주변이 실룩실룩 경련을 일으켜 그냥 계셔도 무서운데 눈에 핏발까지 서 뭐라 말할 수 없는 무서운 얼굴이셨어요. 저는 그 모습에 깜짝 놀라 일어섰는데 사모님은 벌써 소복차림으로 내 앞에 서계시지 않겠습니까! 경악한 나머지 소리도 못 내고 있는 저를 제쳐놓고 사모님은 히쭉이 웃으며 어디론가 나가버렸습니다. 왜 이때 사모님을 말리지 않았냐고 하실지 모르지만 그 때는 어떻게 할 수가 없었어요.

저는 부들부들 떨며 나으리께서 돌아오시기를 기다렸지요. 두 시, 세시가 지나도록 밤이 깊어 가는데 나으리는 돌아오지 않으셨습니다. 그러던 참에 발소리도 없이 대문이 갑자기 확 열리는 소리가 나서 저는 깜짝 놀랐습니다. 전 "누구세요?"라고 목소리를 짜냈습니다.

광녀의 웃음 소리

"나야, 나! 서방님은 돌아오셨어?!"

그건 사모님의 목소리였습니다. 깜짝 놀란 저는 "저기…, 아직 안 오셨는데요!"라고 무의식적으로 외쳤더니 사모님은,

"하! 하! 하! 하!" 하고 남자 같은 목소리로 소리 높여 웃으셨습니다. 그 목소리가 얼마나 무서웠는지요! 저는 그 때의 그 일을 생각하면 지금도 소름이 끼칩니다. 그날부터 나으리께서 매일 매일 계속해 밤늦게까지 사람들과 어울렸지요. 한편 사모님은 사모님대로 밤마다 같은 시간에 외출하셨습니다. 저는 너무너무 무서워서 당분간 쉬려고 했지만, "네가 지금 그만두면 나중에 반드시 혼내줄 것이야."라는 사모님의 말씀 때문에 그 집에 머물러 있었습니다. 하지만 살아도 사는 것 같지 않았지요. 그런데 어느 날 밤, 평

소처럼 나으리보다 사모님이 먼저 돌아오셔서 갑자기 자고 있는 저를 깨우는 것이었어요. 저는 뭐가 뭔지 모르는 채 벌벌 떨면서 일어났습니다. 그러자,

"오세이(おせい)야, 잠깐 너에게 할 말이 있어. 난 절대 화가 나 있지도 않고, 지금부터 듣는 이야기를 다른 사람에게 이야기하지도 않을 거야. 그러니까 제발 내 귀에 고백해주면 안되겠니? 넌 우리 서방님과 내통하는 것 맞지? 그게 맞지?"라고 하는 것입니다.

소맷자락 속에

저는 "아이고! 사모님, 말도 안 되는 소리는 하지도 마십시오." 라고 끝까지 결백을 주장했지만, 끝내 무시무시한 무서운 얼굴을 하고, "니가 자백하지 않으면, 내 손으로 자백하도록 만들겠다."라고 소복의 소맷자락에서 망치 같은 것을 꺼내고 저에게 덤벼들었습니다. 그 순간! 저는 사모님의 소맷자락에서 괴상한 물건이 떨어진 것을 보았습니다. 그것은 짚 인형이었어요.

제가 무심코 "앗!" 하고 외쳤더니 사모님은 황급히 그것을 주워서, "이 일을 서방님에게 말해서는 안 된다. 말할 때는 네 목숨도 위험해질 줄 알아!"라고 하셨어요.

나중에 생각해 보면 그게 저주의 짚 인형이었던 것이지요. 그 후, 사모님의 병은 점점 깊어져서 이제 걷지도 못하게 되어 병실에 누워 있기만 했습니다. 그런데요, 신경은 갈수록 날카로워져서, 저와 나으리께서 무슨 이야기를 했는지 정확히 알고 계신 것입니다.

나으리께서 외출하실 때 같으면, 사모님은 촉각을 곤두세우고 눈을 크게 뜬 채로 지켜보는 모습이 애처롭다기보다는 왠지 얄밉기도 했습니다.

사모님의 죽음

어느 가을의 밤이었습니다. 그 때는 이미 사모님 상태는 쇠약해질 대로 쇠약해져 누가 봐도 2, 3일을 버티지 못하고 숨을 거둘 것만 같았습니다. 더 이상 말도 제대로 안 나올 정도입니다. 정신도 왔다 갔다 하시고… 헛소리만 하시는 것이에요. 그런데 밤 자정 무렵 갑자기 눈을 크게 뜨고…….

"오세이야, 나는 오늘 밤 드디어 서방님이 만나는 여자를 알아냈어. 그게 말이야, 지금쯤 서방님은 신마치(新町)의 ○○루(樓)의 ○○라는 여자와 유곽 뒷산을 산책하고 있는 것이 틀림없다. 정말 원망스럽고, 가만있을 수 없구나!" 하면서 자못 분하다는 듯이 이를 갈았습니다. 저는 늘 그렇듯이 별로 신경을 안 쓰고 흘려 듣고 방에 들어가서 잠을 잤습니다. 다음날 아침에 일어나봤더니, 사모님의 용태가 이상했습니다. 그리고 나서 난리가 났습니다. 의사 선생님을 불렀지만 때는 이미 늦었습니다.

사모님의 기일이 지날 때까지는 아무 일이 없었습니다. 기일의 제사가 끝난 다음 날 저녁이었습니다. 그날은 아침부터 찌뿌둥한 날씨였는데, 저녁이 되어 뚝뚝 차가운 비가 내리기 시작했어요. 그날 밤 저는 나으리께 "사모님이 돌아가시기 전날 밤에, 어떠한 여자 분과 신마치의 뒷산을 산책하셨다는 이야기를 사모님한테 들었는데요, 그게 정말입니까?"라고 멍청하게도 말하고 말았습니다. 그러자 나으리께서는 순식간에 창백해지면서 부들부들 떨고 아무 말도 못 하시는 것이었습니다.

베갯머리

나중에 들었는데. 나으리께서 그날 밤 그 여자랑 정말 그런 일이 있었답니다. 더구나 그날 밤 유곽에서 주무시던 나으리께서 밤중에 식은땀을 흘리며 잠에서 깨어 보니, 집에 있을 사모님이 베갯머리에 멍하니 앉는 모습이 보여 무서워서 잠을 못 잤답니다.

자…, 드디어 이제부터 제가 체험한 무시무시한 경험을 이야기 하겠습니다.

저는 이런 괴기한 집에 계속 있기가 싫어서 빨리 그만두려고 했지요. 그러나 나으리께서 "제발, 나를 돕는다 생각하고, 조금만 더 이 집에 있어라."라고 울면서 매달리시는데 저도 불쌍하다는 생각이 들었어요.

"그럼 올 가을까지만 도와드릴게요."라고 약속하고 그 집에 남기로 했었습니다. 나으리께서는 사모님이 돌아가신 다음부터 전혀 외출도 하지 않으시고 가만히 집에서만 지내셨어요.

마침 그해 초겨울의 일이었습니다. 사모님의 기일 전에 나으리와 함께 신마치 뒷산을 산책했다는 창기(娼妓)가 신마치 뒷산에서 젊은 남자와 동반자살을 했다는 겁니다.

신음 소리

신문에서 보니까 창기는 나무에 목을 맸는데 줄이 끊어져 밑으로 떨어지는 바람에 골짜기에서 끔찍한 시체로 발견되었다고 하더군요. 저도 그 기사를 봤을 때 깜짝 놀랐는데 당사자 나으리는 얼마나 놀랍고 무서우셨을까요? 이미 그 때부터 나으리께서는 식사를 거의 입에도 대지 않으셨습니다. 그러고선 냉기가 도는 겨울이 되어, 기차가 삐걱거리는 소리에도 몸이 사무치는 시기가 되었습니다. 그런 겨울의 어느 날, "오늘 밤은 정말 이상하게 춥구나. 조용한 밤이니 잠이나 일찍 자야겠다."고 나으리께서 말씀하시기에 빨리 문단속을 하고 쉬기로 했습니다.

깜박 졸고 있다가 갑자기 '쑥'하고 큰 모기장(蚊帳) 같은 것이 내 얼굴에 스쳐 갔는데 "꺄악!"하고 눈을 뜨고 보니, 모시옷을 입은 사모님이 보였고…, 그 사모님이 나으리 방으로 들어가셨어요. 저는 숨이 콱 막혀서, 이불을 머리부터 뒤집어쓰고, 이불 사이로 들여다보니까 나으리께서 신음소리를 짜내며 끙끙거리고 계신 것입니다. 저는 그때만큼 무서웠던 적이 없었습니다……. 저…. 더 이상 이 이야기를 하고 싶지가 않아요. 다음날 저는 그 집에서 휴가를 받고 밖으로 나왔을 때, 안도의 탄식을 했답니다. (끝)

*『朝鮮公論』 第6卷8号, 1918.8

‖ 과담 ‖

아이의 사랑에 끌려서

고초시(胡蝶子)

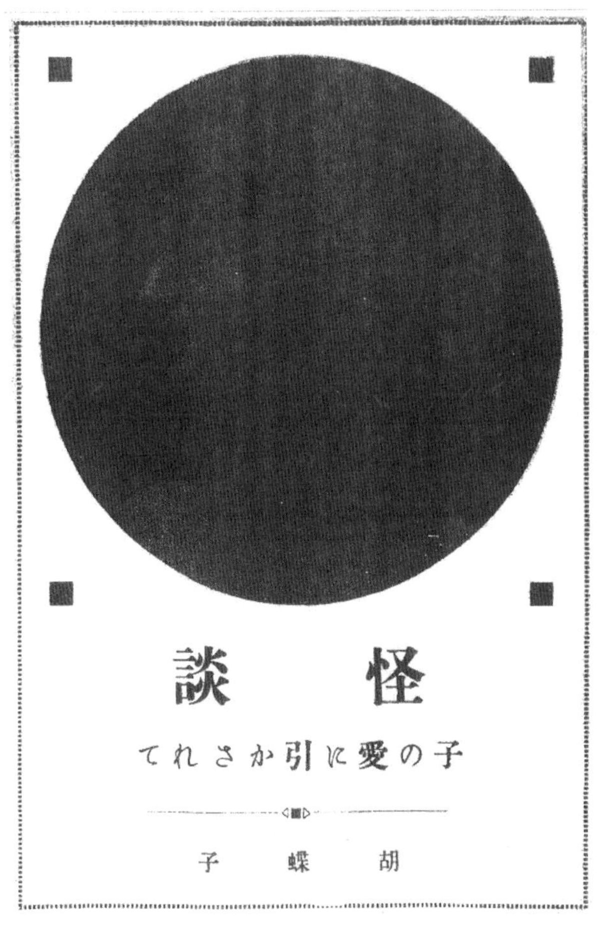
怪談
子の愛に引かされて
胡蝶子

고초시(胡蝶子) 「괴담－아이의 사랑에 끌려서(怪談－子の愛に引かされて)」『朝鮮公論』第6巻9号, 1918.9

(1)

영혼 불멸이라고 하는데, 실제로 영혼이라는 것을 우습게 봐서는 안 되겠네라며 미즈타니(水谷)라는 내 친구는 중얼거렸다. 미즈타니는 경성의 모 회사에 근무하고 있는 사내였다.

자신은 지금까지 영혼이라는 것에 대해 전혀 믿지 않았지만, 자신의 아내의 경험과, 자신의 친구의 경험을 종합해 볼 때 정말 우습게 볼 수 없겠다는 결론에 다다랐다는 것이다.

아니 비단 자기 자신이나 친구만이 아니다. 바로 얼마 전에 세간을 떠들썩하게 했던, 용산의 전 사단장 관저에서 일어난 사건만 해도 그렇다. ○번째로 그 관저에서 산 사람은 이즈미다(泉田) 중장(가명)이었다. 그 다음에 들어간 사람은 야마무라(山村) 중장(가명)이었다. 그런데 그 사단장 관저 앞에는 커다란 은행나무 한 그루가 있는데, 그 나무에는 꽤 깊은 원한이 있다는 사실이 예전부터 전해져 오고 있었다. 그래서인지 이즈미다 중장은 돌연 큰 병을 얻어 히로사키(弘前)로 돌아가 죽고 말았다. 그 다음에 들어온 야마무라 중장도 꽤 건장한 편이었는데 별스럽지 않은 병이 도져서, 가나자와(金澤)로 귀국한 후 얼마 되지 않아 역시 죽고 말았다. 그렇게 되니 마을에 사단장 관저의 은행나무는 귀신들린 이상한 나무라는 소문이 나돌기 시작했다. 전 사단장 다치바나(立花) 중장 시절에 신관저가 준공되었을 때, 예의 이상한 은행나무는 잘라버렸는데, 어찌 되었든 당시에는 괴상한 소문이 파다했다.

또 비슷한 이야기도 있다. 조선 반도의 북쪽의 어느 지방의 모 도(道) 장관의 관저에서 있었던 일이다. 그 관저의 깐돌에 원한이 서려있다는 이야기가 있어, 역대 도 장관에게 반드시 불행한 사건이 이어졌다. 미신을 믿지 않던 모 장관조차도 아내와 세 자식이 죽어나가자, 결국은 고집을 꺾고 그 깐돌을 제거한 후 관저를 개축했다고 한다.

어찌되었든 불가사의한 일투성이이다.

미즈타니는 다 식은 차를 소리를 내어 마시며, 친구의 이야기를 하기 시작했다.

내 친구는 모 관청에서 근무하고 있었는데 그 친구의 아내는 대수롭지 않은 감기가 원인이 되어 장기에까지 병이 옮고 말았다. 둘 사이에는 5살짜리 여자 아이와 이제 태어난 지 얼마 안 되는 남자 아기가 있었다. 첫째는 "엄마가 배가 아야 하니까 조용히 있어야 해."라고 하니 얌전히 있었지만, 아직 태어난 지 얼마 안 되는 아기는 젖을 달라며 밤새 울어대는 통에 친구도 기진맥진한 상태였다.

아내의 병은 무슨 수를 써도 낫지를 않았고, 덩달아 두 아이도 점점 말라만 갔다. 친구는 아내의 병은 팔자니 어쩔 수 없다고 해도, 두 아이가 너무 불쌍하게 여겨졌다.

하지만 병도 병이기 때문에 의사에게 아이들과 환자를 같이 두는 것에 대해 주의를 들은 친구는 어쩔 수 없이 아내를 친가인 오이타(大分)로 보내고, 두 아이를 혼자서 키우게 됐다.

아내의 병은 쉽게 낫지 않았다. 그리고 특히 친가에 홀로 돌아온 아내는 남편과 헤어지고 아이들과 떨어진 외로움이 더해져 병은 심해져가기만 했다. 아내는 죽어도 좋으니까 아이들과 하루라도 같이 있고 싶다며 울며 애원했다. 그 때마다 그녀는 피를 토했다.

아내가 위독하다는 소식이 전해진 것은 올해 봄이었다. 친구는 두 아이들을 경성에 있는 친척 집에 맡기고 황급히 아내의 고향으로 향했다. 친구가 오이타에 도착했다는 전보가 그 친척 집에 도착한 것은 그로부터 이틀이 지난 아침, 아침이라고는 해도 새벽 2, 3시쯤이었다. 5살짜리 큰애가 천천히 몸을 일으켜 앉았다 싶더니, '어, 엄마가 돌아왔다'라며 문 쪽으로 걸어갔다. 친척들은 아이의 말에는 크게 신경을 쓰지 않고, "응, 그래 그래, 엄마는 금방 돌아올 거야."라고 아이를 달래며 다시 잠자리에 눕혔지만, 이상하게도 옆에서 색색거리며 곤히 잠들었던 아기도 번쩍 눈을 뜨고 생글생글 웃고 있는 것이었다. 친척들은 그날 밤 두 아이를 안고 잠들었지만, 다음 날 아침 오이타의 친구로부터 전보가 왔다.

아내, 금일 아침, 사망.

친척들은 새벽의 일을 떠올리고는 잠시 아무 말도 할 수 없었다.

아내는 조선에 남겨 둔 두 아이가 걱정이 되어 오이타부터 경성까지의 그 먼 길을 달려왔던 것이다.

(2)

나도 사실 이야기 하고 싶지는 않지만 이와 비슷한 경험을 한 적이 있다. 미즈타니는 쉬지 않고 이야기를 계속 했다.

밤이 꽤 깊은 듯 했다. 벌레 소리가 귓가에 들려왔다.

내 아내도 장기에 병이 들었었다. 아프기 시작한 것은 작년 말부터 1월 사이로, 올해 봄에 총독부 병원에 입원했을 때쯤엔 이미 많이 쇠약해 있었다. 이 병은 입원한다고 해서 쉽게 낫는 병이 아니라는 것쯤은 이미 알고 있었기 때문에, 1월부터 3월까지는 병원이 아닌 요양소 등지에서 충분히 요양을 했다. 하지만 예상대로 병세는 조금도 나아지지 않았다.

나는 아내의 요양 중에 하녀를 고용해서 올해 3살이 되는 아이를 돌보게 했다.

1년에 한 번 조선 땅에 찾아오는 습한 비가 한 달간 계속해서 내렸다.

아내의 병은 그 때를 틈타 눈에 띄게 악화되어 갔다.

침대에 누워 말로 표현할 수 없을 정도로 수척해진 아내의 얼굴을 보니, 산 사람처럼 느껴지지 않았다. 그토록 빛나던 얼굴도 색조가 사라져 핏기조차 없었고, 비교적 차갑게 느껴졌던 검은 눈빛조차도 이제 와서는 그 빛을 상실해 썩은 생선 눈처럼 보였다. 사랑스러웠던 입술 색도 검푸른 포도 빛을 띠고 있었다.

나는 몰라볼 정도로 변한 아내의 모습을 바라보며 몇 번이나 인생의 의미를 곱씹어 보았다.

그러던 어느 초여름 밤이었다. 그날 밤은 계속되던 우울한 비도 그쳐, 구름 한 점 없이 반들반들한 밤하늘에는 가루를 뿌려 놓은 듯 무수한 별이 빛나고 있었다.

2, 3일 동안 식음을 전폐하고 잠들어 있던 아내도 그날 밤은 기분이 좋은 듯 이야기를 건넸다. 나는 새벽 1시까지 병상 곁에서 이야기를 나누고, 2시 가까이 병실을 나왔다. 그 때 아내는 오늘은 왠지 헤어지고 싶지 않다고 했다. 나는 가슴이 막혀왔지만 내일 아침 일찍 오겠다며 가볍게 받아 넘겼다.

그 때 우리 집은 교외의 하나조노조(花園町)에 있었기 때문에 고가네초(黃金町)의 전찻길을 홀로 투벅투벅, 발걸음을 재촉했다. 물론 행인은 한 사람도 없었다.

밤이슬이 내린 거리는 고요했고, 번화가의 전등불에도 안개가 촉촉이 쌓여 있었다.

나는 깊은 안개 속에 멈춰 선 순간 어찌된 일인지 한발작도 움직일 수가 없었다. 별일이 다 있다며 하늘을 바라보니, 지금 자신이 나온 병원 쪽에서 반짝이는 구슬 모양의 기이한 빛이 나오더니 자신의 집 쪽으로 긴 꼬리를 남기며 날아가 그 근처에서 사라지는 것이었다. 나는 그 찰나에 말로 표현할 수 없는 공포가 밀려와서 외마디 비명과 함께 주저앉고 말았다.

놀란 마음을 진정시키며 겨우 집에 돌아와 문 밖에서 하녀에게 이상한 일이 없었냐고 물었다. 하녀는 별다른 이상한 일은 없었지만 지금 사모님께서 돌아오셔서 15분 정도 아무 말 없이 아이를 안고 누워계셨다며 아무렇지 않은 듯 대답했다. 나는 그 때 귓속이 울리는 듯한 불안이 엄습했다.

불안은 현실이 되어 20분 정도 있자 병원에서 전갈이 왔다.

아내는 그날 밤 죽은 것이다.

*『朝鮮公論』 第6卷9号, 1918.9

돌사자의 괴이

교와라베(京童)

교와라베(京童) 「돌사자의 괴이(石獅子の怪)」 『朝鮮公論』 第9巻3号, 1921.3

△ 이상한 느낌

경복궁 광화문에 들어서, 오른쪽으로 돌면 총독부 박물관에 다다르는 길이 있다. 그 길의 왼편으로 나 있는 얕은 도랑을 넘어, 근정전의 외곽이 보이는 곳에 서면 주위에 고풍스런 돌다리가 부서져서, 풀숲에 널브러져 있는 잔해가 눈에 띈다.

이 돌다리는 구시대에 광화문을 들어서서 근정전 외곽의 정문에 다다르는 똑바른 길에 중간 정도의 도랑에 걸쳐져 있던 것이다. 그런데 총독부청사 건축과 더불어 철거되어 이곳으로 옮겨진 것이다.

다리는 길이 약 9미터정도, 폭은 약 5.4미터 정도로 난간은 원래의 형태를 유지하고 있다. 난간 돌에는 웅장한 조선식 조각이 있는데, 그 세밀한 솜씨에 감탄을 금할 수 없다. 다리의 네 귀퉁이에 위치하고 있었던 것으로 보이는 돌로 새긴 사자는 지금도 다리의 잔해와 함께 풀숲에 산재해 있는데, 다른 곳에서는 볼 수 없는 기발한 모양이다. 네 다리로 서서 다리 밑의 물을 마시려는 듯 몸을 숙이고, 혀를 내밀고 있다. 전체적인 구조는 실로 웅장하고, 선이 굵직굵직한 것이 딱 맞게 표현할 수 있는 말이 쉽게 떠오르진 않는다. 하지만 몸통의 곡선이 너무나도 훌륭해서 사람이 만들었다는 것을 믿을 수 없을 정도로 훌륭하다. 허리 부위부터 어깨까지 이어지는 몸을 비틀고 있는 형태는 너무나도 자연스러워, 부드러운 육체가 빚어내는 곡선의 집합이라고는 보이지 않을 정도이다. 돌로 만들어졌다는 사실조차 의심스러울 따름이었다. 단 한 가지 이상한 것은 4개의 돌사자 중에 한 개의 등 가운데에 동그랗게 구멍을 뚫은 것과 같은 흔적이 있다는 점이었다. 원래 구멍이 있었던 곳은 지금은 메워져 있지만, 여전히 흔적이 상처와 같이 남아있었다. 무엇을 위한 구멍이었을까. 단지 장난으로 했을 것 같지는 않다. 하지만 다른 3개의 돌사자에는 그러한 상흔이 없는 것으로 미루어보면 이들 조형물을 만들었을 당시의 어떠한 필요성에 의해 특별히 뚫었으리라 생각된다. 무슨 연유였을지는 몰라도 불가사의한 일임은 틀림이 없다.

이 불가사의한 일과 관련해서는 옛날이야기에나 등장할 법한 요괴 이야기가 하나 전해지고 있다. 하지만 이 이야기가 사실인지 아닌지는 확인해 본 것은 아니다. 그저 어떤 사람에게 전해들은 이야기이지만, 하나의 전설로도, 하나의 소설로도 흥미가 있는 이야기였다.

△ 민비의 심한 열병

그 유명한 민비 시절, 어느 날 민비는 병이 들어 병상에 누워 있었다. 무슨 병인지 확실치는 않으나 악성 열병이었다고 한다. 어찌되었든 당시 궁중 내에서의 민비의 세력은 매우 강력했기에 시녀들이나 여관(女官) 들은 민비의 병환을 염려하며 주야로 피로도 잊은 채 극진히 간호했을 터이고, 또한 명의를 초빙해 진료를 부탁했으며, 고가의 외국 약이란 약은 모조리 입수해서 치료를 했으리라. 그 외에도 매일과 같이 쾌유를 위한 기도도 행해졌다. 어떤 충심이 깊은 여관은 민비의 쾌유를 위해 단식을 했다고 하는 이야기까지 전해진다. 이처럼 온갖 방법을 다해 치료를 했으나 전혀 차도가 보이지 않을뿐더러 날이 갈수록 야위어 갔기 때문에 한 시라도 마음을 놓을 수 없었다.

그런데 여느 날과 다름없이 새벽녘부터 숙직 여관이 각자의 자리에서 빈틈없이 간호 준비를 마쳤을 때였다. 머리 열을 식히기 위한 얼음에서부터 약을 달이는 일, 체온을 재는 일 등, 모두 분담을 하고, 걱정스런 마음으로 간호를 기다리고 있었다. 그렇게 밤이 깊어가고, 북한산의 초목들도 잠이 들 무렵, 연일 고열에 시달리던 민비는 어슴푸레한 등불 밑에서 조용히 잠들어 있었다. 그 때였다. 민비는 무엇에 놀란 것인지 매우 흥분한 모습으로 갑자기 침상에서 벌떡 일어났다. 그리고는 마치 귀신에게 홀린 듯이, 온몸을 떨며 공포에 질린 목소리로 숙직 시녀를 불러댔다. 연일 밤낮으로 간호를 하던 젊은 시녀들은 너나 할 것 없이 피로에 절어 꾸벅거리고 있었다. 민비의 비명 소리에 놀라 눈을 뜬 시녀들은 황급히 병실로 모여들었다. 민비는 너무 놀라 비명조차 지르지 못하고, 파랗게 질린 얼굴로, 전신을 떨고 있었다. 이를 본 여관들은 크게 놀라 어떤 이는 민비의 등을 문질렀고, 또 다른 이는 급히 인삼탕을 다려 가지고 왔다. 한바탕 소동이 지나가고 민비는 겨우 마음을 진정시킨 듯 힘겹게 입을 열어 등불을 밝히게 했다. 명을 받은 시녀는 불을 밝혀 두려움에 떠는 민비를 진정시키고 연유를 여쭈었다. 민비는 귀신이 옆에 있는 것처럼 소리를 낮추어 가장 나이가 많은 시녀에게 어렵게 말문을 뗐다.

△ 무서운 괴물 얼굴

내 병은 흔한 병이 아니다. 고로 어떠한 명약을 먹더라도 결코 나을 수 없는 병이다. 사실 나는 매일 밤 이상하고 무서운 꿈에 시달리고 있다. 얼마나 기분 나쁜 꿈인지, 꿈이 아니고 현실인 것처럼 생각될 정도이다. 꿈속에서는 커다란 사자 한 마리가 머리맡에 나타나서 영악한 얼굴로 자신을 노려본다. 그 눈은 마치 동이 틀 무렵의 달빛처럼 눈부시게 빛나고 있었고, 무시무시한 입에서 내뿜는 입김은 독을 품은 안개와 같다. 그 안개가 조금이라도 얼굴을 스치면 마치 독가스를 들이마신 것처럼 오한이 들며 혼백이 달아나 기절을 할 것만 같다. 그러면 나는 어떻게 해서든 일어나려고 하지만 전신이 마비되어 몸을 움직일 수도 없고, 소리를 지르려고 해도 목이 막혀 한 마디도 할 수 없다. 이러한 악몽에 몇 날 며칠을 시달렸는지 모른다. 그런데 이상한 것은 아침이 되면 악몽에 대한 모든 기억을 잊어버려 아무리 기억하려 해도 생각해 낼 수 없다. 또한 무서움도, 괴로움도 까맣게 잊어버리고, 쏟아지는 듯이 잠이 밀려올 뿐이다.

오늘밤도 초저녁부터 곤히 자고 있었는데, 좀 전에 그 무서운 괴물이 머리맡에 뚜렷이 나타났다. 특히 오늘밤은 그 무서운 얼굴 표정을 또렷이 볼 수 있었기에, 진정하고 곰곰이 생각

> 해보니 광화문 안쪽에 있는 돌다리의 네 구석에 있는 사자 중에 서남쪽의 돌사자임에 틀림없다. 지난밤에 잠들기 전에 북한산의 산신에게 진심을 다해 빌었던 영험으로 오늘 그 괴물의 정체를 알 수 있었던 것 같다. 그렇다고는 해도 그 빛나는 눈과 모란꽃 같은 붉은 입, 은 바늘처럼 뻗친 수염, 생각만 해도 오한이 도지고 현기증이 날 지경이다.

이와 같이 말을 마친 민비는 다시금 꿈속의 광경을 떠올린 듯 식은땀을 흘리며 몸서리를 쳤다. 입술은 새파랗게 질려 눈을 반쯤 뜬 채 넋을 놓고 있는 모습이 마치 죽은 사람과 같았다. 어슴푸레한 촛불이 밝히는 침실은 어딘지 모를 음울한 기운이 감돌았다.

△ 밤은 깊어가고

이 이야기를 옆에서 듣고 있던 시녀들은 모두 겁에 질려 낯빛이 변해, 놀란 눈을 동그랗게 뜨고 손에 손을 잡고 모여, 몸을 떨고 있었다. 그러는 사이에 동이 터와 겨우 안정을 찾아갔다. 다음날이 되자 이 괴이한 이야기는 순식간에 궁중 전체로 퍼졌다. 이야기를 들은 한 늙은 양반이 말했다. 민비의 병은 돌사자의 저주임에 틀림없으니 사자가 마음대로 민비의 침실에 못 들어오게 하지 않으면 민비의 병은 낫기 어렵다. 그러기 위해서는 돌사자의 눈을 멀게 하는 것 외에는 방도가 없다. 이를 들은 사람들은 지체 없이 돌사자의 눈에 석고를 두껍게 발랐다. 지금은 비바람에 석고가 많이 떨어져 나갔지만, 자세히 들여다보면 희미하게나마 그 자국을 확인할 수 있다. 돌사자의 눈을 멀게 하려는 생각 자체도 매우 기발한 생각이지만 눈에 석고를 바르면 된다는 착상은 더욱 기발한 것 같다. 특히 미신을 깊게 믿고 있는 조선인들의 사고가 유감없이 드러난 일화라는 사실이 매우 흥미 깊다.

일대 소란이 있던 다음 날은 숙직 시녀의 수를 보강하고 시녀들이 잠들지 않도록 방방마다 불을 밝혔다. 특히 민비 곁에는 숙련되고 건장한 시녀들로 대기를 시켰다고 한다. 초저녁이야 시녀들의 수다소리에 활기가 돌아 소란스러웠지만 밤이 깊어질수록 점점 적막해져갔다. 밤이 깊어감에 따라 주위가 적막해지고 북한산의 스산한 산바람이 내는 소리는 더더욱 공포감을 조성했다. 시녀들은 건장하다 해도 역시 여자였고, 숙련되었다고는 하나 비교적 나이가 젊었으며, 더구나 미신을 잘 믿는 사람들이었기에 몸이 움츠러드는 공포를 느끼지 시작했다. 급기야 침소 위의 현판 글자가 사람 얼굴로 보이거나, 다른 사람의 그림자가 사자의 그림자로 느껴졌고 자수 병풍이 꽃과 새들이 귀신 얼굴처럼 보이기까지 했다. 그러한 와중에 경복궁의 밤은 깊어져만 갔다.

△ 요기(妖気)는 사방에 감돌고

흔들리는 촛불이 공포에 질린 단아한 여관의 집단을 비추는 광경은 정말 대단했으리라. 늦은 밤 울긋불긋한 비단 천과 비취 비녀, 그리고 하얀 허리장식이 촛불에 반사되어 단청장식이 화려한 조선식 궁전 안에 만들어 내는 요란스러운 빛의 움직임은 은은했다. 교태롭게 비상하는 봉황처럼 요염한 그림자. 특히 사람의 표정과도 같은 그 그림자는 극도에 달한 긴장과 공포마저 띠고 있어, 일사분란하게 움직이는 미인들과 겹쳐서 매우 아름다웠으리라는 것은 쉽게 상상할 수 있다. 미관의 극치이자, 나아가 슬픔이 극에 달한 한 편의 그림이었을 것이다. 촛불은 쉴 새 없이 그리고 눈부시게 여관들을 비추어댔다. 잠들어 있는 민비의 얼굴은 새파랗게 질려서 대리석 조각 같았고, 기름을 발라 정돈한 머리는 시금석처럼 검게 빛났으며, 입술색은 비취와 같이 푸르스름했다. 그 모습은 마치 숨을 쉬지 않는 것처럼 보였다. 향기는 안개와 같이 실내를 메우고 있었다. 동시에 음습하고 암담한 공기가 사람들을 뒤쫓듯이 내뿜어지고 있었다. 죽은 듯이 잠들어 있던 민비는 돌연 괴로워하기 시작했다. 온몸을 뒤틀며 허공을 향해 손을 내저으며 괴로움에 떨었지만, 신음 소리 한 마디 내뱉지 않았다. 옆에 있던 시녀들은 당황한 기색이 역력했지만, 민비의 손을 잡고 우는 것 말고는 달리 할 일이 없었다. 특히 젊은 시녀들은 서로 부둥켜안고 자지러지는 듯한 비명을 지르며 본연의 임무를 망각한 채 울기만 했다.

시녀들의 비명에 눈을 뜬 민비는 조용히 두 눈을 뜨고 공포가 가득한 눈빛으로 주위를 찬찬히 둘러봤다. 많은 이들이 자신의 주위에 있는 것을 확인한 민비는 겨우 안정을 취한 듯, 소란을 떠는 시녀들을 꾸짖고 따뜻한 물을 가져오라 시켰다. 이를 한 모금 마셨지만 가슴은 더 빨리 뛰었고, 무언가 말을 하려 했지만, 전신에 경련이 심해 입을 뗄 수조차 없었다.

하지만 시녀들은 민비의 상태를 보고 조금씩 안정을 찾아갔다. 특히 민비의 꾸짖음은 시녀들을 정신 차리게 했고, 시녀들은 민비의 땀을 닦거나 몸을 주무르고, 침구를 정리하는 등 자신의 맡은 일을 하기 시작했다.

상황이 정리가 된 후, 민비의 말에 따르면 그날 밤도 역시 돌사자가 민비를 덮쳤다는 것이다. 돌사자의 눈에 석고를 바른 것은 별 효과가 없는 듯했다. 이렇게 된 이상 돌사자를 도살할 수밖에 없다는 결론에 도달해, 사자의 등에 구멍을 뚫게 된 것이다.

이것이 현재 돌사자의 등에 남아있는 상흔의 유래이다. 그날 이후로 두 번 다시 돌사자가 민비를 습격하는 일도 없어졌고, 물론 민비의 병도 말끔히 나았다고 한다.

* 『朝鮮公論』 第9卷3号, 1921.3

봄의 괴담
경성의 새벽 2시

마쓰모토 요이치로(松本與一郎)

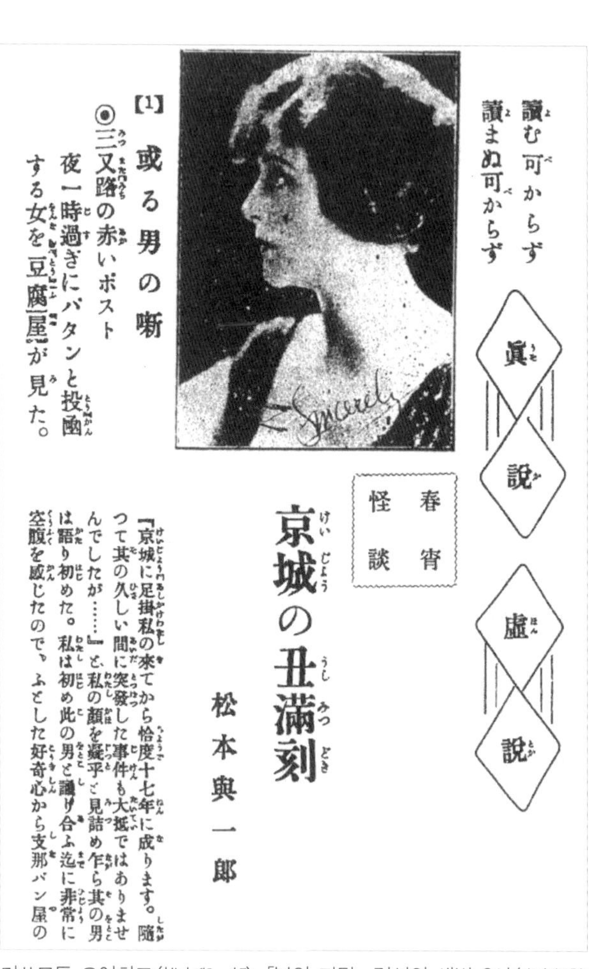
讀む可からず
讀まぬ可からず

眞説　虚説

春宵怪談

京城の丑滿刻

松本與一郎

【1】或る男の噺

◉三叉路の赤いポスト

夜一時過ぎにパタンと投函する女を豆腐屋が見た。

『京城に足掛私の來てから恰度十七年に成ります。隨つて其の久しい間に突發した事件も大抵ではありませんでしたが……』と私の顔を凝乎と見詰め乍ら其の男は語り初めた。私は初め此の男と識り合ふ迄に非常に空腹を感じたので、ふとした好奇心から支那パン屋の

마쓰모토 요이치로(松本與一郎) 「봄의 괴담－경성의 새벽 2시(春宵怪談－京城の丑滿刻)」 『朝鮮公論』 第10巻4-5号, 1922.4-5

읽어야할까?… 읽지 말아야할까? 거짓? 혹은 진실? 眞說虛說

【1】 어느 남자의 이야기

◉ -삼거리의 빨간 우체통-

-두부 장수가 자정 넘은 거리에서 편지를 툭! 하고 던지는 여자를 목격!-

"난 말이오. 경성에 온지 정확히 17년이 됐수다. 하여튼 이 오랜 세월동안 일어났던 돌발 사건도 다 예사롭지는 않지만……" 하며 내 얼굴을 슬쩍 보고, 그 남자는 이야기를 시작했다. 나는 심하게 허기를 느끼고, 호기심과 함께 중국 빵집으로 뛰어 들어갔다가 이 남자를 알게 되었다. 지금까지 중국빵의 맛도 전혀 모르고 살았던 내가 순간적인 일이기는 했지만 이 빵집에 우연히 들어간 것도 무슨 인연임에 틀림없다. 먹으로 「노내생금(爐內生金)」 「복수생재(福壽生財)」라고 쓴 빨간 종이가 붙은 벽을 등지고, 파리한 얼굴에 노랗고 탁한 눈동자를 크게 뜬 중국인이 나를 맞이했다. 뭣보다 먼저 그 어두운 가게 구석에서 게걸스럽게 큰 빵을 먹고 있는 쉰 살 정도의 일본인이 눈에 들어왔다. 그 외의 다른 손님의 모습은 전혀 보이지 않았다. 나는 주어진 의자에 앉아서 우선 이 이상한 공복을 채우기 위해 주문을 해야만 했다. 주문한 빵의 끈적끈적한 식감에는 말로 표현할 수 없는 쾌감이 느껴졌다. 문득 손목시계를 보니까 네 시를 가리키고 있다. 얼룩으로 더러워진 창밖으로는 저녁노을 빛에 얼굴이 붉게 물든 조선인들이 끊임없이 오가고 있었다. 아침부터 음식 섭취를 소홀히 했던 나는 음식 맛에 점점 평안을 얻고 느긋한 기분이 되었다.

그때 그 일본인 남자는 먹다 남은 빵 조각을 바라보며 "드디어 오늘도 날이 저물었군…." 하며 혼잣말을 했다. 나는 포만감으로 황홀한 기분에 취해 있었기 때문에 일본인 남자가 자신에게 말을 건 것이라고 착각을 하고, "그러게 말입니다."라고 대답하고 말았다. 그러자 남자는 놀란 듯이 빵 조각에서 나에게 시선을 돌려 쳐다보았다. 나 역시 놀라서 상대의 얼굴을 쳐다보았다. 남자는 "그쪽은 고향이 어딥니까?"라며 물었다. 난 무뚝뚝하게 "스오우(周防)입니다만.", "그래요? 나는 히젠(肥前)지방의 나가사키(長崎)인데, 열여섯 살 때부터 부모를 떠나 일본 전국을 떠돌았기에 스오우도 압니다만. 스오우 어디쯤인가요?"라며 상대는 더욱 친근하게 말했다. 나도 기분이 나쁘지 않아 "구마게(熊毛)입니다. 히라오(平生)예요."라고 대답했다. 그러자 "오호라 그러면 야나이즈(柳井津) 바로 옆이로구만." 남자는 그 지역에 꽤나 밝은 것 같았다. 이 짧은 시간의 대화로 나는 그 남자와 상당히 친해졌다.

남자는 계속 말을 이어가더니 "댁에게 들려주고 싶은 이야기가 있는데, 어디보자. (잠시 생각하면서) 있지요! 있습니다. 괴담이랍니다!" 나는 괴담이라 듣고 살짝 놀랐다. 이미 해가 저물었는지 어두운 가게 안으로, 난로가 뿜어내는 푸르스름한 불꽃이 일종의 요사스런 기운을 끌어내고 있어서, 나는 이 수상한 남자 입에서 괴담까지 들으면 그야말로 큰일나겠다고 생각했다. "꼭 들려주고 싶네요."라며, 남자는 망설임도 없이 남은 빵 조각을 한 입에 털어 넣고 잠시 우물우물 입을 움직이다가, 때가 된 듯이 내가 있는 쪽으로 낡아빠진 의자를 가까이 옮겼다. 그리고 나서 남자는 이야기를 시작했다.

경성 동부, 사쿠라이마치(櫻井町)와 하나조노초(花園町)의 경계에 있는 구(舊) 하나조노초 파출소가 있던 삼거리 자리는 지금은 공설 시장이 생겨서 사거리가 되었다. 그 전에는 사쿠라이 소학교(小學校) 앞에서 오는 길과, 혼마치(本町) 4번지에서 내려오는 길, 전철 노선에서 들어가는 길이 합류해 삼각형을 이루고 있었다.

"사건의 발단은 여기에 딱 서있는 빨간 우체통이었지요." 하고 그 남자가 말했을 때 확!! 하고 전등의 백색등이 켜지면서 중국인의 감색 옷을 감추고 있던 방의 어둠이 밝혀졌다. 남자의 얼굴이 선명하게 드러나자, 그는 눈부신 듯이 눈을 깜빡거렸지만 이내 이야기를 계속했다.

이전엔 이 파출소도 꽤 사람들이 찾아 왔지만, 이제는 전혀 쓸모가 없어져서 지금은 고가네마치(黃金町) 4번지 모퉁이로 이사했다. 그래서 이 삼거리는 갑자기 어두어둑해져서 밤에는 기분 나쁠 정도로 인적이 드문 곳으로 변해 버린 것이다. 그 당시 두부를 팔아 하루 끼니를 해결하고 있었다. 어느 늦가을 날의 일이었다. 고가네마치에서 와카쿠사초(若草町), 에이라쿠초(永樂町)부터 메이지마치(明治町), 그리고 남산초(南山町)에서 야마토초(大和町)로, 아침 일찍부터 팔러 돌아다녔지만 그날은 어찌된 영문인지 두부가 딱 네 모가 팔렸을 뿐, 무거운 어깨의 짐은 좀처럼 가벼워지지 않았다. 평소라면 네 시쯤에는 전부 팔아 치웠을 두부가 여전히 어깨를 짓누르며 날이 저물어도 역시나 더 이상은 팔리지가 않았다.

"어쩔 수 없이 고가네마치 3번지 술집에서 약주 한 잔을 걸치고 터벅터벅 돌아가려는 곳이 예의 그 삼각로였지요." 이렇게 말하고 남자는 강요하듯이 기분 나쁜 어두운 눈빛으로 짙은 턱수염을 앞으로 내밀며 히쭉 웃었다.

"댁은 술을 잘하나봅니다." 내가 말하자, 그는 "으흐흐"라고 턱수염으로 웃었다.

막 새로 칠을 한 우체통은 붉은 색을 띠고 조용히 어둠 속에서 있었다. 그 위에는 네 그루의 포플러 나무가 하늘을 향해 부채형으로 우거져 있었다. 가을이라고는 해도 시월이기에 우거진 잎들은 아직 푸르다. 밤 열한 시가 지난 하늘은 맑고 산뜻했으며, 마침 옆에서 불어오는 바람으로 버스럭버스럭 소리가 나고 있었다.

나는 두부 짐으로 짓눌린 어깨를 끌 듯이 터덜거리면서 한참 가다가 집과 가까운 빨간 우체통까지 왔다. 그러자 문득 "딸깍 딸깍" 하는 참으로 가벼운 나막신 소리가 들려왔다. 그리고는 무심코 기차 거리로 통하는 골목 방향을 쳐다봤더니 살갗이 희고 나이가 있어 보이는 일본식 올린머리인 마루마게(丸髷)를 한 여자가 이쪽을 향해 오는 것이었다. 그녀가 내 옆을 스쳐 지나가는 동안, 나는 그녀의 희고 조각 같은 얼굴에 눈길이 갔다. 여우처럼 눈썹 꼬리가 치켜 올라가 있고, 흰 눈동자는 눈처럼 하얗고, 한 올 한 올 보이는 검은 눈썹 사이로 검은 눈동자가 작게 움직이고 있는 것이다.

갑작스레 나는 등골이 오싹해져서는 짐이 없는 듯이 어깨가 가벼워졌다. 그때 뒤에서 툭!! 소리가 나기에 순간 뒤돌아보았다. 그 여자는 빨간 우체통에 편지를 던지고는 획하고 돌아서 내가 있는 쪽으로 와서 문득 고개를 들었다. 그 순간 별빛이 반짝!! 그 여자의 하얀 눈 속에서 빛났다. 여자는 두 세 걸음 우체통에서 발을 내딛다가는 퍼뜩 멈춰 서더니 입으로 뭔가를 중얼거리며, 가만히 발밑을 보고 힘없이 고개를 숙였다. 염불인지 노래인지 뭔가를 읊조리는 소리가 한 동안 계속 들렸는데, 쑥하고 야윈 손을 내미는가 싶더니, 조용히 손가락을 꼽아 세면서

"오늘은 시월 사일, 나흘 뒤에 이 편지가 도착 하면……."

미친 사람마냥 신경질적이고 낮은 목소리로 말하며, 또 잠시 후에 다시 중얼거리고 있었다. 그러나 세 장(20m) 이상 떨어져 있던 나에게 그것 이외에는 명확하게 들릴 리 없었다. 마침 그때 나는 기찻길 모퉁이까지 와 있었기 때문에 들여다보듯 그 장면을 목격하고 감전된 것처럼 찌르르 하고 머리 꼭대기부터 발끝까지 날카로운 충격을 느꼈다. 그 날 밤 집에 돌아가 잠자리에 들었는데 오늘 두부도 네 모 밖에 팔리지 않았던 사실과 합쳐져 불현듯 어떤 일이 떠올랐다. 낮 동안 그토록 뛰어 다녀도 팔리지 않았던 두부가 장충단의 언덕 아랫집에서 갑자기 네

모 팔린 것이다.

"두부 장수 아저씨!" 이젠 글렀다고 단념하고 무거운 발걸음으로 고개를 숙이고 지나가던 참에 언덕 위 창문에서 갑자기 젊은 여자가 말을 걸었다. 급한 오르막길을 힘겹게 올라가 그 집의 부엌으로 보이는 곳으로 가보니 미닫이 안쪽에서 "두부 네 모, 거기에 놓고 가세요!", "네, 알겠습니다." 난 여자 말대로 도마 위에 있던 큰 접시에 두부를 놓고, 정말 기쁜 마음으로 "감사합니다." 했더니, 다시 미닫이 안에서 "돈은 거기에 있어요…."라는 여자의 목소리. 그 말을 듣고 바로 보니까 도마 위에 정확한 대금이 놓여있다. 재빨리 지갑에 담아 밖으로 나왔다.

"이렇게만 팔린다면…."

그렇게 생각하면서 언덕을 내려가 야마토초에서 히노데마치(日の出町), 코토부키마치(壽町)에서 남산초(南山町)로 발을 옮겼지만, 어찌된 영문인지 한 모도 팔리지 않은 것이다. 그러는 동안에 해는 이미 성벽 밖으로 저물었다. 이제와서 기억을 맞춰보니 젓가락 같은 얇은 손가락을 꺾어 시월 십사일이라고 중얼거린 소리와 "두부 네 모, 거기에 놓고 가세요."라는 목소리, 그 묘한 느낌의 강한 악센트와 말투가 생각하면 할수록 참 비슷하다. 아니다 같은 목소리에 틀림없다. 그러면, 그 미닫이 속에 있던 여자는 아까의 눈이 치켜 올라간 여자에 틀림없다. 나는 결국 잠을 이루지 못하고 밤을 새워 버렸다.

이렇게 말하면서 그 남자는 어두운 이마 아래 빛나는 눈으로 가볍게 웃었다. 두 사람 외에는 손님도 없어서 난로 앞에서 가로

막고 있던 중국인도 비쩍 마른 말 같은 중국식 의자에서 쓰러질 듯 졸기 시작했다. 가끔씩 난로의 파란 불꽃이 활활 난로 속에서 솟아올라 침침한 어둠의 영역에서 빛을 잃어가는 십촉 전구에 갑자기 빛을 더하기도 하였다. 남자는 갑자기 일어서서 난로 위에 있었던 주전자를 멋대로 들어 올려서 큰 그릇에 쏟아 붓고 그 차를 음미하듯이 마시기 시작했다. 그리고 와당탕 소리와 함께 주전자 뚜껑을 떨어뜨리자 놀란 중국인이 화들짝 잠에서 깨어나 뭐를 착각한 건지 남자 앞으로 손을 내밀었다. 남자는 어쩔 수 없다는 듯 웃으며 소매에서 십전 은화를 꺼내 중국인에게 줬다. 중국인은 눈을 비비며 일단 돈을 확인하더니 양철통 안에 던져 넣고 다시 졸기 시작했다. 차를 마셔 목이 자유로워진 그 남자는 다시 말문을 열었다.

그 다음날도 나는 아침 일찍부터 두부를 어깨에 메고 장사하러 나왔다. 아직 가로수 그늘에는 꿈처럼 아침안개가 살짝 감돌고 있었고, 아침잠을 깨우는 듯한 쌀쌀한 가을바람이 불고 있었다. 바람에 속삭이듯 황철나무 잎은 상쾌한 소리를 내며 쇄솨 흔들리고 있었다. 나는 근육에 이상한 떨림을 느껴 어깨의 짐을 몇 번씩이나 바꾸어 메고 방울을 울렸다. 그 날은 이상하게 장사가 잘 되어서 오후 한 시쯤에는 두부를 다 팔고, 지갑은 돈으로 두둑해졌다.

일찍 일을 마친 나는 오랜만에 목욕탕에서 때도 밀고 고가네마치 입구의 ×××관에 활동사진을 보러 갔다. ×××관은 이른 시간에도 불구하고 벌써 빈자리가 없었다. 뒤쪽에서 사람들의 어깨 너머로 영화를 보다가 너무 지루해서, 인적이 없는 어두운 곳에서 담배를 피웠다. 그 때 갑자기 한 젊은 여자가 당황한 눈빛으로 화장실에서 뛰쳐나왔다. 어라? 내가 생각하는 사이에 머리가 벗겨지고 얼굴이 검은 남자가 뒤따라와 여자의 소매를 힘껏 잡아당겼다.

"놔주세요! 놔주시라니까요!!" 여자는 작지만 힘이 담긴 목소리로 탄원하고 있었다. 나는 견딜 수가 없어서 뛰쳐나가 여자를 내 뒤에 감싸고는 짧게 "이 머저리가!"라고 외쳤다. 남자는 그 소리에 깜짝 놀라서 뛰는 가슴을 진정시키듯 마치 원숭이 같은 눈으로 가만히 나를 노려봤다.

"바보 같은 짓 마시오. 당신은 여기 활동사진관 주인이 아니오?" 내 목소리가 컸던지 슬그머니 도망치듯 남자는 사라졌다.

"어머나, 정말 고맙습니다."라고 여자는 흰 앞치마에 묻은 먼지를 털면서 정중하게 인사를 했다. 가벼운 고무신에 흰 버선을 신고 앞치마를 두른 모습에 여급 중의 한 명인 것을 금새 알 수 있었다. "아가씨, 위험해요. 정신 똑바로 차려야지." 나는 감정이 격앙되어 말했다. "덕분에 위험한 순간을 모면했네요……."라며 여자는 소매로 눈물을 닦았다.

"무슨 일일까요, 여러분. 한심하기 그지없는 녀석이지요?"
"맞소이다. 맞아. 거참 한심한 놈이지, 뭐, 우하하 우하하."

그런 와중에도 무대에서는 짜내는 듯한 변사의 야비한 목소리가 울려퍼졌다.

그날 밤 그런 일도 있고 해서, 기분이 나빠져 중간에 영화관을 뒤로 한 나는 집으로 발걸음을 재촉했다. 마침 어젯밤에 이상한 일이 있었던 그 근처에 왔을 때였다. 또 다시 나막신소리가 들렸다. 바삭바삭, 부채형 포플러나무에서는 바스락거리는 기괴한 소리가 나고, 그 아래에 있는 우체통은 차가운 빛을 받아 붉게 타오르는 듯이 보였다. 나막신의 주인은 '툭' 하고 편지를 던지더니 어젯밤처럼 뭔가 중얼중얼, 거품처럼 웅알거리기 시작했다. 잠시 후 여자는 나막신 소리를 울리며 슬그머니 어젯밤과 같은 방향으로 사라졌다. 그 후 매일 밤 여자가 열한 시 오 분이 지날 때면 나막신 소리를 울리며 나타나 '툭!' 하고 우체통에 편지를 던져넣고서 사라진다는 소문이 파다하게 퍼졌다. 그렇지 않아도 왕래가 적고 한산한 삼거리 부근에 개 한 마리도 얼씬거리지 않게 되었다. 산봉우리에서 나뭇잎이 사라지는 것처럼 시월도 스러져 갔다. 그리고 가을비가 내리는 밤이 계속 이어졌다.

◉ -맑은 날에 대나무 우산을 쓰고, 굽이 높은 나막신(高下駄)을 신은 여자-

-울타리 넘어 창가에서 여자가 부르는 소리. 멍이 있는 여자가 조용히 이야기를 하다-

시나브로 은색 빗발을 떨어뜨리던 가을비는 하얀 안개처럼 남산 봉우리 맞은편의 북한산 산허리까지 뒤덮고, 강한 바람은 동대문의 성벽을 넘어 불어왔다. 경성의 가을은 요 며칠 내린 가을비와 함께 더욱 쌀쌀해졌다. 아침저녁으로 두어 겹으로 옷을 껴입지 않았다가는 추위에 떠는 날이 많았다. 그런 날이 계속되던 어느 날 아침이었다. 일어나 보니 며칠 동안 내리던 가을비를 닦아낸 듯이 말끔하게 날씨가 개어, 뒷마당 그늘 속에서 코스모스가 귀여운 미소를 보여주고 있었다. 그 날도 두부상자를 어깨에 메고 오후 6시 무렵 지친 다리를 끌고 귀가했다. 야마토초 1번지에서 3번지로 나와 터벅터벅 언덕을 올라 지나가는 장충단 길에 있는, 바로 그 집의 창문 밑이었다. 이른 가을의 오후 6시, 벌써 밤을 알리는 옅은 어둠이 자욱이 깔려 있었다.

빗방울을 머금어 고무판처럼 부드러워진 흙을 밟으니 묘하게 내 발걸음이 경쾌해졌다. 마침 그 언덕 집 밑까지 왔을 때, 왠지 무서운 것을 보고 싶은 마음에…, 아니, 봐서는 안 되는 것을 살짝 들여다보듯이 위를 바라보았다. 저녁의 어둠속에 파묻혀 희미하게 보이는 창문에 여자의 팔 같은 하얀 물체가 보였다. 내 눈길이 그 물체에 닿은 순간 그것은 창문 안으로 휙 하고 숨었다.

나는 그게 무엇인지 확인할 틈도 없이, 지금 이 상황이 왠지 꿈만 같이 느꼈다. 길을 빙 둘러 다시 언덕에 있는 집 아래까지 와서 위를 올려다보았다. 그 때 문짝이 소리 없이 열리며 그림자 두 개가 나타났다. 두 사람이 나간 뒤에 문은 조용히 닫혔다. 잘 보면 여자 같은 두 그림자는 비도 오지 않는데 큰 우산을 쓰고, 굽이 높은 나막신을 신고 있다. 그런데 이상하게도 나막신소리는 전혀 들리지 않은 듯했다. 올려다본 하늘은 남색으로 맑고 은가루 같은 별 빛이 검광(劍光)처럼 빛나고 있다. 두 개의 우산은 조용히 가파른 언덕을 소리 없이 비스듬히 내려갔다.

언덕을 내려온 곳에는 한자 다섯 치 정도의 도랑이 흐르고 있었지만, 두 사람은 아무렇지도 않은 듯, 휙 하고 넘어갔다. 그리고 조용히 옷자락을 정돈하며 “정말 비가 많이 와서 큰일이네.”라고 비단 같은 목소리로 말한다. “맞아요, 손이 너무 시려요.”라고 또 다른 여자가 말했다. 이 여자들에게는 이상한 일이 한두 가지가 아니었다. 맑은 하늘의 별들이 이처럼 번쩍 빛나는데 비가 오다니 기이한 이야기임에 틀림없다. 나는 놀라서 뒤도 안 돌아보고 집에 와버렸다.

그 후 화창한 날이 며칠 계속되었다. 양 떼 같은 흰 구름이 눈부시게 새파란 하늘에서 풀을 뜯고 있었다. 단풍나무에 걸린 달 위를 기러기 무리가 일렬로 가다가, ‘ㄱ’자를 그리며 북악산의 보랏빛에 녹아 간다. 참으로 고요한 가을 경치, 쏜살같이 지나가는 한 해가 아쉽기만 했다.

나는 불타는 듯 울긋불긋한 맨드라미 울타리에 나란히 있는 징검다리를 따라 어떤 집에 부엌 쪽으로 들어갔다.

“저를 부르신 분이 이 댁의 마님이신지오?”

“네, 그래요. 잠깐 안쪽으로 들어와 주세요.”

두부장수 방울이 움직일 때마다 딸랑 딸랑 쓸데없는 소리를 울렸다.

“저…. 두부라도 사시게요?” 그러자 안에서 여자가 다시 대답을 했다.

“두부도 필요한데, 실은 따로 부탁드릴 일이 있답니다.”

그 집은 사쿠라이마치의 큰 거리에서 동쪽으로 난 좁은 골목 왼쪽의 깨끗한 집이었다. 이 집 여자가 집 앞을 지나가던 나를 불러 세워서 집에 들어온 것이었기에, 여자의 뜻밖인 말은 나를 놀라게 했다.

“무슨 일이신가요?”

“글쎄, 번거롭게 해서 미안합니다만.”이라며 모습을 나타낸 것은 나이 스물세 살 정도의 살갗이 흰 여자로, 검은 눈 밑으로는 멍이 뚜렷하게 보여, 사연이 있는 듯 보였다.

“다름이 아니오라, 긴히 부탁드릴 일이 있는데, 들어줄 수 있을까요?”

“무슨 일인지 모르겠지만 제가 할 수 있는 것이라면 무엇이든 도와드리겠습니다.”

나는 빨간 맨드라미가 가을바람에 흔들리고 있는 것을 바라보며 대답했다.

“그럼, 좀 부탁드리겠습니다.”라며 여자는 이야기를 시작했다.

“이 집 앞 골목을 나가면 큰 길 삼거리가 나옵니다. 거기에서 오른쪽으로 세 번째 건물이 떡집이지요?”라며, 여자는 투명한 흰 손가락으로 삼나무 울타리 도로 쪽을 가리켰다. 동업자인 소스케(倉助)가 마침 방울을 울리면서 지나가는 것이 보였다.

“그 떡집은 실은 제 아버지의 가게인데, 요즘 이상한 일이 있답니다. 어느 날 밤 가게 문을 닫을 시간이 되면 한 여자가 홀연듯 가게 앞에 나타나 -저기…, 대단히 죄송한데요, 떡을 사 전(四錢) 어치 살 수 있을까요?- 라고 정중하게 인사를 한답니다. 아버지가 신문에 떡을 싸서 건네주면 불쌍하게도 가늘고 마른 손으로 동전을 네 개 주고 어디론가 사라져 버린대요. 나중에 알고 보니 그 동전이 모두 융희(隆熙) 사 년(1910) 것이었다는 겁니다. 그 다음날도 가게 문을 닫으려고 할 때, 지난밤의 여자가 또 와서 역시나 사 전 어치의 떡을 사가지고 갔답니다. 자세히 보니 역시 융희 사 년 화폐입니다. 이후 매일 밤 같은 시간 무렵 그 여자는 비가 오나 바람이 부나 하루도 빠짐없이 가게에 오는 겁니다. 그리고 정중하게 떡을 사서 머리 숙여 인사하고는 사라집니다. 이런 모든 일이 이해되지 않는 수수께끼이지요. 하루는 여자의 뒤를 밟으면 궁금증이 풀리지 않을까 생각도 되었지만, 혼자 사시는 아버지께서 가게를 비워두고 나갈 수도 없는 노릇이라 고민하던 참이었습니다. 그러던 때, 마침 창문에서 삼목 울타리 넘어 댁의 건장한 모습과 온화한 얼굴을 보니, 왠지 부탁하면 들어주실 것만 같아 불러서 부탁드리게 됐습니다. 한 번 그 여자를 미행해주시지 않겠습니까? 그에 걸맞은 사례도 하겠습니다. 저에게는 한 분 뿐인 부친이기에 신경이 쓰여 밤에 잠도 못 자는 지경이에요."

여자는 유창하게 부탁을 말했다. 나도 이 여자가 거창하게 나를 치켜세우고 있는 것을 알았지만 그리 기분이 나쁘지는 않았다. 오히려 조금이나마 흥미를 느꼈기 때문에 일언지하에 남자답게 "좋습니다. 제가 해드리지요."라고 흔쾌히 받아들였다. 그날 밤 약속 해두었던 사쿠라이마치 삼거리 세 번째 집인 가게를 방문했더니 마침 딸인 그 여자도 와 있었다. 그녀는 내게 떡을 대접하고, 차를 내곤했지만 잠시 후 "부디 잘 부탁드려요."라면서 자기 집으로 돌아갔다. 아버지라는 사람은 머리가 벗겨지고 선하게 생겨서는 시종 붉은 얼굴에 미소를 띤 쉰 살 정도의 노인이었다.

"아이고. 이거 참, 오하나(お花)가 엉뚱한 일을 부탁해서 말이죠."라고 운을 뗀 떡집 주인은 사치스러워 보이는 순무 모양 술병으로 후쿠오카(福岡) 지역의 토속주인 유쿤(有薫)주를 연신 들이마셨다. 그리고 조금 취기가 돌더니 옛이야기로 딸이 첩이라는 둥, 자기 아내가 상당한 미인이었다는 둥 자랑스럽게 말하기 시작했다. 이래저래 시간이 흘러가고 활동사진을 보고 귀가하는 통행인들의 발길도 뜸해졌다.

드디어 그 시간이 돌아왔다. 희미한 전등 빛이 비추는 길거리에 때맞춰 밤바람이 살짝 일어나더니 버려진 신문지가 빙글빙글 돌며 처마 높이까지 팔랑거리며 들뜨더니 뚝하고 바닥에 떨어졌다. 그때였다. 거기에 존재감이 옅고 서른을 몇 넘긴, 안색이 창백한 여자가 소리도 없이 서 있었다.

"참으로 말을 꺼내기 송구스럽지만…."라며 여자는 항상 그러하듯이 융희 사 년 동전으로 떡을 달라고 말했다. 가게의 아버지는 꾸벅꾸벅하고 있다가 "넷, 떡 말이군요."라고 말하며 술기운도 깬 듯 신문지에 떡을 쌌다. 나는 여자를 가만히 쳐다보았다. 여자는 쓸쓸하게 눈을 내리깔고 풀 없이 그 자리에 멈춰 서 있었다. 여자의 흐트러진 귀밑머리에는 푸른 잔디와 같은 것이 엉켜 있다. 여자는 떡을 받으며 정중하게 머리를 숙이더니 가게를 떠났고, 나는 떡집 주인이 부어둔 술을 단숨에 마시고 재빨리 그 뒤를 따라갔다. 한두 골목 지나는 사이 떡집이 가게를 닫는 문소리가 마을 하늘 높이 울려 퍼졌다.

여자는 고개를 숙인 채 걷고 있었다. 하현의 달이 남산 높이에 올라가 있다. 그 달빛을 받은 여자의 처진 어깨에 있는 줄무늬가 치치부메이센(秩父銘仙, 거친 비단)의 상당히 화려한 것이라는 것을 알아챘다. 이제 십일월인데도 겉옷을 입지 않은 여자 옷차림은 한층 더 애처로움을 느끼게 한다. 나는 그때 소리가 나지 않도록 짚신을 신고 있었다. 들키지 않을 만큼 거리를 두면서 놓치지 않기 위해 집중해서 따라 걸었다.

여자는 북쪽으로 발길을 향하고 있었는데, 고가네마치로 나가기까지 바로 앞의 옆 골목을 따라 사쿠라이 학교 앞으로 통하는 길로 나왔다. 잠시 걷다보니 등줄기로 서늘한 기운이 느껴졌다. 예의 그 삼거리 빨간 우체통이 이제 눈앞에 다가오고 있다. 여자는 지금 막 그 앞을 지나가려다 잠시 멈춰 서서, 네 그루 포플러나무가 바람에 와삭와삭 소리를 내며 기괴한 소동을 벌이기 시작한 밑에서 문득 북쪽을 향해 히죽 웃었다. 하얀 조개껍질 같은 이를 보이며 환하게 웃던 그녀는 얼마 지나지 않아 그대로 다시 걷기 시작했다.

순간 나는 몸이 얼음처럼 차가워지면서 갑자기 몸 안에서 속속 거친 피가 솟아 오른 것을 느꼈다. 그 두려움을 과감히 극복하면서 다시 전철 거리로 나와 북쪽으로 돌아갔던 여자의 한쪽 소매를 살짝 보고, 바로 그 뒤를 쫓았다. 여자는 밤바람에 팔랑팔랑 지는 낙엽을 몸에 받으며, 가로수 그늘 아래를 전철 거리를 따라 가다가 고가네마치 4번지 사거리에서 오른쪽으로 꺾어 광희문을 향해 걷기 시작했다.

하현달은 더욱 높이 올라가 이지러졌고, 화창한 푸른 호수 같은 밤하늘에 유성들이 꼬리를 끌다가 사라졌다. 왼쪽에 있는 훈련원의 넓은 들판에서 벌레들이 울어대는 소리를 들으면서 나는 열심히 여자 뒤를 따라 갔다. 문밖의 파출소에서는 더러운 유리창 너머 검은 돈을 탐내는 것으로 유명한 노순사가 의자에 앉은 채 흔들흔들 밤배를 젓고 있었다.

여자는 다시 오른쪽으로 꺾었다. 나는 문득 파출소 처마 등에 비친 이정표를 읽었다. 거기에는 수철리묘지(水鐵里墓地)라고 적혀 있다. 만약에 여기서 이 여자를 놓치면 여태껏 뒤쫓은 의미가 없다고 생각하면서 다시 여자를 보니까, 성벽의 그늘에서 한층 어두워진 여자는 하얀 목덜미와 가는 손끝만 들떠 보였다. 계속 캄캄한 도로를 총총 걸었다. 붉은 흙이 드러난 언덕을 다 올라가 솔바람 소리를 들으면서 수로를 따라가 보니 여자는 잠시 있다가 다시 오른쪽에 있는 밭으로 올라가는 것이었다. (다음 호에)

【2】 과연 이들의 세 개 사건은 무슨 관계가?

-고양시 연기면 외곽의 꽃다운 아가씨…, 복숭아꽃이 떨어지는 어느 날이었다-

미닫이가 한 척 정도 열려있어 그곳으로 정원의 일부를 바라볼 수 있었다. 디딤돌을 감싸 시들어버린 코스모스 꽃과 나뭇가지들이 생생한 오후 풍경을 땅 위에 뚜렷이 비추고 있었다. 가끔 불어오는 은은한 바람이 무심하게 그 그림자들을 흔들고 있었다. 정원 중앙에 단풍나무 한 그루가 있는데, 지금 한창 진홍색으로 타오르는 모습을 청명한 가을하늘에 선명하게 새기고 있었다. 그 나무뿌리 옆에는 둘레가 한 보(步, 180cm) 정도 되는 꽤 큰 샘물이 있고, 푸른 이끼가 엄청나게 껴 있는 바위가 단풍 사이를 통과한 여광(餘光)으로 밝게 비추어지고 있었다.

나는 얌전하게 다다미(일본식 바닥) 위에 앉아 여자가 나오는 것을 기다리면서 정원을 바라보기도 하고, 첩이 사는 집에 잘 어울리는 음란한 나체화가 걸려 있는 미닫이틀을 바라보기도 했다. 그러자 "어머나, 많이 기다리셨지요? 죄송해요."라며 옷이 다다미를 문지르는 소리가 나더니 흰 물고기처럼 예쁘게 흰 손끝이 미닫이문을 스르륵 밀면서 예의 멍이 있는 흰 얼굴이 나타났다. 오늘은 어찌된 영문인지 머리 모양이 유녀의 머리인 나게시마다(投島田)모양으로 바뀌었고, 그것이 또 잘 어울려 나는 무심코 눈을 크게 뜨지 않을 수 없었다. 귀여운 검은 눈 아래 딱 하나 묽은 먹빛 색의 반점이 떠있는 것이, 어디까지나 이 여자를 세상사에 익숙하게 보이게 하였다.

여자는 다다미에 머리를 붙이고 정중하게 인사를 했다. "아니, 뭐, 그렇게까지…. 그런데 드디어 해냈어요. 마님." 나는 던지듯이 말했다. 여자는 "정말 터무니없는 부탁을 해서…."라고 다시 머리를 정중하게 숙이는 것이었다. 그러다 갑자기 진지하게 자세를 고치며 "근데, 어떻게 됐나요?"라고 물었다. 나는 한 치만 열린 미닫이에서 영롱한 가을바람이 불어오는 것을 몸으로 느끼면서 조용히 말문을 열었다.

"아니, 저도 설마 광희문 밖까지 끌려갈 거라고는 생각지도 못했습니다. 그 날 밤에 예의 여자 뒤를 따라갔더니, 여자가 밭을 향해서 올라가는 것입니다. 그게 너무 이상해서 저도 계속 따라 가봤죠. 그러다 눈앞에 울창하고 어둠 속에 직사각형의 하얀 물체가 보이는 괴상한 평지에 오고 말았습니다. 위를 보면 경성을 구분하는 성벽이 검은 뱀처럼 구불구불하게 언덕을 따라 있고, 왼쪽에는 소나무 숲이 움직임에 따라 바람에 흔들리고 있는 모습이 화창한 은하수 같은 밤하늘 아래에 있었습니다. 그때야 저는 그 하얀 사각형 이형물이 묘비인 것을 알아챘고, 그와 동시에 파출소 등불에 비췄던 수철리묘지 이정표가 머리에 떠올랐습니다. -그래, 그거야!- 라고 저는 생각했죠. 그다음 순간 무심코 냉수를 등에 맞은 것 같이 강한 충격을 느끼지 않을 수 없었습니다. 부근은 적막하고 귀뚜라미의 울음소리만 쓸쓸하게 울리고 있었습니다. 여자는 무덤이 있는 들판 쪽으로 들어갔는데, 그걸 보고 나도 잠시 주저앉아 버렸지요. 그 사이에 진짠지 가짠지, 한 묘비 앞에서 어둠 속으로 연기처럼 사라져 버린 것입니다. 저는 엉겁결에 -앗!- 하고 외쳤습니다. 그 때였습니다. 어디선가 아이 울음소리가 이 공동묘지에 아렴풋하게 울렸다 싶더니 뚝 그치고 다시 고요함이 돌아왔습니다. 밤하늘은 높고 맑은데 그 심야의 무덤에는 제가 혼자 서 있을 뿐이었지요. 왕십리 방면 저 멀리서 새벽을 알리듯이 다듬이질 소리가 귀에 들릴 뿐입니다. 갑자기 온몸에 오한이 느껴져서, 소나무가 부딪치는 날카로운 소리를 뒤로하고 도망치듯이 저는 집으로 갔습니다. 그 다음날!"

가을 오후는 가을바람이 물처럼 흐르고, 한 줄기 황금 햇살이 눈부신 무늬를 이루고 있을 뿐이었다. 내가 말하는 이야기가 기괴하기 짝이 없어선지, 약간 창백한 얼굴을 숙이고 있는 여인은 그제야, "자, 과자라도 하나 드세요."라고 하얀 손으로 권하는 것이었다. 나는 잘 우려낸 차로 목을 축이고 이야기를 이어갔다.

그 다음날 아침 일입니다. 아침이라기에는 태양이 이미 푸른 하늘에 마음껏 미소를 찬란하게 보여주는 시간이었으니, 아마 열시를 조금 지난 무렵이지 싶습니다. 저는 다시 광희문 밖으로 걸음을 옮겼습니다. 파출소 순경은 부지런히 통행인의 얼굴을 두리번거리며 살펴보거나, 지나간 기차 번호를 낭송하고 있었습니다. 저는 그 수상쩍어하는 순경의 날카로운 시선을 뒤로 하고, 일부러 산만하게 손을 휘두르며 오른쪽 수철리 방향으로 휙 꺾었습니다. 마님은 잘 모르실 수도 있겠지만, 성벽을 끼고 염색공의 조선인들이 노래를 부르면서 실을 잣고 있는 것을 그 근처에서 자주 볼 수가 있죠.

내가 지나갔을 때도 마침 새하얀 수염을 늘어뜨린 조선인 노인과 아랫입술이 인디언처럼 두꺼운 굼떠 보이는 젊은 남자가 대그락대그락 소리를 내며 노란 실을 익숙히 감고 있었습니다. 성벽에는 산사의 옛날을 상상케 하는 붉은 담쟁이가 피처럼 전면에 불타고 있습니다. 저는 만쥬(일본과자) 모양의 무덤 터에 만들어진 수로를 지나다가, 어젯밤 소나무 바람소리가 생각나서 위를 바라보니, 마흔 다섯 그루의 노송이 푸른색 하늘과 경계를 짓고 있었습니다.

어느새 제 몸은 오른쪽에 있는 그 수철리묘지 언덕에 올라가 있었습니다. 때는 아시다시피 가을입니다. 언덕길의 바깥쪽에 대파 밭이나 무 밭에서 솟아나는 맑은 물이 졸졸 작은 소리를 내며 흐르고 있습니다. 제가 거리낌 없이 무덤 속으로 들어가려고 했는데, 그 때 땅속에서 스며 나온 물에 젖은 붉은 흙 위에 한 개의 선명한 여자 나막신의 발자국을 발견했습니다. 어라? 하고 잠시 멈추었습니다. 그것은 새로운 흙 자국이라서, 내가 오기 전에 이 무덤에 요물의 여자가 왔었던 것이 틀림없다고 생각했습니다.

생각해 보면 어젯밤의 일은 마치 꿈만 같았습니다. 저는 그 불가사의 여자가 연기처럼 사라진 묘비의 위치를 대강 거기 주변이라는 것만 기억하고 있었습니다. 그래서 그 방향으로 발걸음을 돌렸지요. 그 순간 섬뜩했습니다. 어찌된 일인지, 제가 어림잡고 있던 그 묘비 앞에는 한 젊은 여자가 열심히 "나무아미타불, 나무아미타불."이라며 공손히 두 손을 모아 공양하고 있는 게 아니겠습니까? 저는 섬뜩함을 느끼면서도 처음에 했던 상상이 너무 정확하게 적중한 것에 부자연스러운 미소를 금할 수가 없었습니다.

그 묘비는 화강암으로 만든 새로운 것이었는데, 몇 치 떨어져 있는 제 자리에서는 그것을 확실히 읽을 수 없었습니다. 여자는 무덤에 묻히다 싶을 정도로 거기에 앉아있었습니다. 잠시 후, 조용히 일어나서 다시 제 쪽으로 돌아 왔습니다. 저는 무심코 "어라, 당신은!"라고 외쳤습니다. 여자도 놀란 표정이었지만, 잠시 후 갑자기 미소를 지며 "어머나, 당신이셨습니까?", "이거 참 놀라운 일이네요." 그 여자는 언젠가 고가네마치 입구의 활동사진관에서 위험한 고비를 구해 준 앞치마 여자, 그 여자였던 것입니다.

"그 때는 정말 감사했습니다."라고 여자는 제게 다가와서 정중하게 인사를 했습니다. 깔끔한 요네자와(米澤)의 명주로 지은 옷을 위아래로 차려입은 그 뒷모습에서 가은 햇빛이 반짝반짝 빛나고 있었습니다. 우리는 적토의 언덕길을 내려가 왔던 길을 가면서 여러 이야기를 나누었습니다. 물론 그 수상한 여자의 일에 관해서는 적당히 비밀로 하면서. 이윽고 파출소 옆길을 성벽에 따라서 올라가 잠시 걷다가, 가을꽃들이 어우러져 피어 있는 풀숲에 도착해서야 여자는 조용히 앉으며 말했습니다. "어머나, 그런 일이 있었던 것입니까? 실은 그 무덤은 제 언니의 무덤입니다…."라며 여자는 자기 처지를 말하기 시작했습니다.

■ 맷돌질하는 아버지의 이야기 ■

경성 시외로 사 리 거리를 서쪽으로 가면 고양군 연기면 외곽에 오이타현(大分縣)의 우수키군(臼杵郡)에서 이주해온 한 이민자 마을이 있었다. 뒤편에는 적송의 작은 언덕을 등지고 앞으로는 넓은 논과 밭들이 있었다. 호수는 총 열한 집, 사람 수는 스물여덟 명 정도이다. 그 중 겐시치(源七)라는 노인이 세 딸을 키우며 가난한 홀아비 신세로 살고 있었다. 어느 봄날이었다. 높고 맑은 하늘 아래에도 이민 마을의 집집은 언덕 자락에 낮게 그 모습을 숙이고 있었다. 겐시치는 차양이 무너질 것만 같은 헛간 토방에 돗자리를 깔고, 일손이 모자라서 가을부터 그대로 나뒀던 벼를 맷돌 속에 우수수 집어넣으면서 세 딸에게 맷돌질을 시키고 있었다. 으드득으드득 벼를 갈아서 부수는 소리가 끊임없이 그 헛간에서 새어나왔다.

창 밖에는 숫처녀의 뺨 같은 복숭아꽃이 피어있고, 가끔씩 불어오는 은은한 연풍에 처녀 빛깔 꽃잎이 팔랑팔랑 흔들리고 있었다. 딸들은 경성에 나갔을 때 원단을 산 김에 받았던 포목

점의 수건으로 검은 머리를 싸매고 있었다. 겐시치는 인근 마을에 사는 조선인으로부터도 소문난 미인이라고 칭찬받은 셋 자매의 얼굴들을 비교하면서 진심으로 기쁨을 느끼고 있었다.

"그런데 말이지…."라고 그는 속으로 기쁨을 감추는 듯 이렇게 말했다. "작년은 너희들도 알다시피 비 상태도 좋고, 가뭄도 무사히 넘기고 해서 이렇게 풍부하고 좋은 벼를 취할 수 있었단다. 그래서 말인데, 오시게(お繁)도 오나카(お仲)도 어디 좋은 사람만 있으면 시집보낼까 하는데 말이야."라고 겐시치는 첫째 딸과 둘째 딸 얼굴을 들여다봤다. "그게 말이다. 너희들 엄마가 죽었을 때를 생각하면 참으로 불쌍했다. 강둑이 무너져 논은 떠내려 가버렸지, 비가 많이 와서 감자와 오이는 썩어 버렸지, 그 다음에는 강바닥까지 태우는 뜨거운 태양이 계속되고 벼는 실처럼 바짝 말라버렸지."

"하나부터 열까지가 불운의 연속인 이 해는 그야말로 재앙으로 가득한 해였어. 게다가 경성의 지주가 가혹하게도 우리가 간신히 수확한 쌀을 빼돌리는 바람에, 태어나서 처음으로 닷 곱의 쌀을 수색리(水色里) 마을까지 사러 갔단 말이여! 나는 연못 옆을 지나갈 때마다 몇 번이나 몸을 던지려고 생각했는지 몰라. 그렇지만 너희들의 엄마는 병으로 누워있는데, 이 몸을 연못에 던졌던들 금쪽같은 너희를 남기고 어떻게 내 마음이 편해질 수가 있겠느냐. 결국은 울면서도 닷 곱의 쌀을 사러 다녔단다."

"약도 쓰지 못한 너희 엄마는 결국 죽고 말았지. 나는 혼이 나간 사람처럼 너희들 셋을 껴안고 하루 종일 울며 지냈다. 참으로 부자들이 원망스럽고, 원망스러워 평생에 내 한 번은 이

원한을 갚아야겠다는 생각으로 살았지. 지주인 다카기(高木)만 봐도, 우리가 벌어다 주었으니 지금처럼 부자가 된 것이지. 맨날 편하게 벌어놓고 막상 우리가 위기에 처하더라도, 그게 이쪽 목숨이 걸려있든 말든 태연히 규정만 지키려하니. 그러고도 사람이냐? 경성에는 이런 인간들이 산더미같이 있으니까 너희들도 조심해야한다."라고 겐시치는 세 딸들에게 이야기했다. 창밖에서 복숭아꽃이 시금치 밭으로 팔랑팔랑 흩어지고 있었다. 그르륵 그르륵 맷돌가는대로 아버지의 이야기는 계속 이어졌다.

◉ -지나가던 스님을 불러서…-

-새벽에 갓난아이의 울음소리가 들려서, 나도 이상하다 생각하고 있었는데….-

"그 막내딸이라는 것이 저, 마키에(巻枝)입니다. 맏이가 오시게, 그 바로 밑에가 오나카 언니랍니다."라고 가을 풀의 이삭끝을 창백한 손가락으로 만지작거리며 여자는 계속 말했습니다. "하지만, 우리 아버지는 작년에 돌아가셨어요. 그와 동시에 경성에 시집갔던 오시게 언니도, 또 오나카 언니도 바로 죽고 말았습니다. 이제 저 하나만 남은걸요…."라며 힘없이 기침을 하면서 손수건으로 입가를 누르는 것을 보니 아무래도 폐에 병을 앓고 있는 것 같았습니다.

마키에가 하는 말에 의하면 그녀의 아버지는 메이지(明治) 43년(1910)에 조선에 건너왔다가, 다이쇼(大正) 4년(1915)에 뜻밖의 보물을 발견했다고 합니다. 헛간 창 밖에 있는 복숭아나무 뿌리 밑에서 일전(一錢) 동전이 50량(五十兩, 동전 20만개

분) 어치가 나왔고 아버지는 그것을 잘 간직해 지주가 모질게 했을 때도 겨우겨우 일가의 입에 풀칠을 할 수 있었던 것이지요. 두 언니가 경성에 시집 갈 때도 둘에게 이 동전을 한 봉지씩 싸서 결혼 선물로 줬답니다. 언니인 오시게는 도급 업자에 시집갔는데 그녀는 임신하자마자 조산했다고 합니다. 그때부터 오시게는 몸이 점점 안 좋아져서 아사히초(旭町)의 자기 집에서 서소문에 있는 병원에 다녔지만 결국 얼마 후 세상을 떠났답니다. 그리고 여기 수철리묘지에 그녀가 묻혀 있어서 여동생 된 도리로 한 달에 서너 번 성묘를 한다고 마키에는 말했습니다. "그러면, 둘째 언니는 어디로 시집갔습니까?"라고 제가 했더니 그녀는 대나무처럼 마르고 가는 손으로 무언가를 가리키는듯한 손놀림으로 "혼마치 4번지에 사는 광산가(鉱山家)한테로 시집갔죠.", "허어, 혼마치 4번지 어디쯤인가요?"라고 저는 더 캐물었습니다. 그러다가 저도 모르게 그녀가 한 대답을 듣고 경악의 목소리를 높였습니다. 그녀는 "그 야마토초에 있는 언덕의 집입니다."라고 하지 않았습니까! 그렇다면, 비가 오지 않는 날에 대나무 우산을 쓰며 나막신을 신고 언덕을 내려갔던 그 여자가 마키에의 둘째 언니 오나카였던가 하고 생각이 미치자, 저는 그녀의 얼굴을 다시 말끄러미 쳐다볼 수밖에 없었습니다.

기연(奇緣)입니다. 진짜 기연입니다. 마침 저와 마키에가 이렇게 이야기하고 있을 때, 겉옷인 하오리(羽織)를 걸치고, 나이 마흔 정도로 보이는 대머리 남자가 지나가면서, "안녕하시오? 성묘하러 오셨나봅니다."라고 마키에에게 말을 걸었습니다. "예, 근데 이제 돌아가려던 참이었어요." 그녀가 대답을 하자, 그 남자는 다시 짚신 소리를 춘춘 남기고 지나갔습니다. "저 분은 누구신지요?", "아아, 저 분은 스님이시지요. 수철리의 묘지기시십니다."라고 기침을 하면서 대답했습니다. 저는 그 대답을 듣자마자 순간적으로 어떤 생각이 머릿속에 스쳐서, 벌떡 일어서서 "저기요, 여보시오! 이리 좀 오실 수 없나요?"라고 해서 10장정도 갔던 스님을 불러다가 최근 묘소에 뭔가 이상한 일이 없었냐고 묻자, "글쎄 딱히 그런 일은… 없었는데?…" 라고 대답하자 다시 돌아서서 가버리고 말았습니다.

저는 이래서는 안 되겠다 싶어서 "잠깐만요, 스님. 이리 오셔서 잠깐 앉았다 가시죠. 자 이거라도 하나…."라며 담배를 권하자 "아이고, 이거 참." 하면서 돌아와서 잔디밭에 앉았습니다. 제가 다시 어젯밤 있었던 일들에 대해 말씀을 드렸더니 처음에는 꽤나 놀랐던 모양이었는데, 갑자기 진지하게 작은 목소리로 "그러고 보니…."라고 다 핀 담배를 버리며 말했습니다.

"최근이라고는 해도 약 3개월 전부터 날마다 밤이 되면 묘지에서 아이의 울음소리가 들렸습니다. 그런데 내가 가까이 가면 그 소리는 멀어지고, 항상 같은 시간이 되면 뚝 멈추는 거에요. 실은 나도 이것 하나는 이상하다고 생각했었지요…." 하고 스님은 시종 작은 소리로 이야기를 끝냈습니다. 맞습니다! 제가 여자를 뒤쫓아 갔을 때도 여자의 모습이 주르르 사라지면서 그때까지 들렸던 갓난아이의 울음소리가 뚝 그친 것입니다. 이상하지요. 참 수상했어요.

긴장한 방의 공기에 떨면서 나는 손을 내밀어 과자를 하나 집어먹었다. 하나 먹어보니 맛있어서 하나 더 먹으려 손을 내밀자, "차가 다 식었네요." 하며 멍이 든 얼굴로 교태 부리듯 여자가 일어나서 뜨거운 물을 갈아 넣고 왔다. “아무 대접도 못 해 드려서 어쩌지요?….”, “아이고, 괜찮습니다.”, “그대의 이야기를 들었더니 저도 모르게 묘한 기분이 들어서 말이죠….”, “아니, 이야기는 지금부터예요. 마님.” 그렇게 말하자 나는 과자를 많이 먹어서 부른 배를 누르며 이야기를 계속했다.

“그 날은 저랑 마키에, 그리고 스님, 이 세 사람이 일단 헤어졌습니다만, 다음날 의논해본 결과, 아무래도 오시게의 무덤이 수상하다고, 두 조선인 지게꾼을 성문에서 불러다가 스님과, 저, 그리고 마키에가 지켜보는 가운데 조용히 그 묘지를 파내보기로 했습니다. 그런데! 놀라지 마십시오. 무덤을 파봤더니 임신 중이었던 오시게의 옆에는 생후 삼 개월까지 튼튼하게 자랐던 갓난아이가 부처님처럼 죽어 있는 것입니다. 불쌍하게도 오시게는 관 속에서 아이를 낳고 그 애를 키우기 위해 떡집에 가서 아버지가 넣어준 노잣돈인 융희 사년 동전으로 떡을 사서는 그 아이를 키웠던 것입니다. 그걸 보고 스님은 말했습니다. “어쩐지 어젯밤은 아이 울음소리가 들리지 않았습니다.” 오시게의 정강이 아래에는 달랑 두 푼의 동전이 남아있을 뿐이었습니다. 인간의 영혼이라는 것은 무서운 것입니다. 육체는 사라지더라도 이승에 나와 물질을 찾으며 아이를 키웠던 거지요. 그런데, 왜 아버지 가게에서 떡을 샀는지, 그것은 영원히 풀리지 않는 수수께끼로 남았습니다.”

여자의 얼굴은 뚜렷이 공포의 그림자가 움직이고 있었다. 나는 다소의 사례금을 받고 재빨리 그 집을 물러나왔다. 그 후 나는 그 얼굴에 멍이 있는 여자와 만날 기회는 영영 없었다. 다만, 어느 사람 하는 말로 의하면, 광희문 밖에서 가장 가까운 떡집도 아니고 왜 이 넓디넓은 경성에서 하필이면 사쿠라이초 떡집을 유령이 된 오시게가 선택했는지, 그건 '유령이 지나가는 길이라 방향이 맞았기 때문이다.'라는 이야기도 있었지만 그것을 믿어야할지는 모른다…….

남자의 이야기는 꽤 길었다. 필자는 그날 밤 중국 빵집에서 헤어진 후, 그가 죽었는지 아니면 만주 쪽으로 흘러갔는지 통 소식을 듣지 못했다. 좋은 사람이었다. 무엇보다도 그가 겪었던 기구한 운명의 경험담을 듣고 싶었지만, 처세가 서투르고 말주변이 없기 때문에 그것을 행동으로 옮기지 못했던 것이 매우 유감스럽다. 아니, 나는 그 사람의 이름과 주소조차 묻는 것을 잊고 있었던 것이다. 그만큼 나는 이 요담(妖談)에 깊이 빠져 있었다고 할 수 있다. 그날 이후에 필자는 빨간 우체통에 편지를 투함한 여자, 두부 네 모를 샀던 여자, 비가 오지 않은 날 대나무 우산을 쓰고 나막신을 신고 있었던 여자인 오나카에 대해 몇 개의 탐방자료를 얻었다는 것만 자그마한 자랑거리로 여기고 있다.

결론부터 말하자면 오나카는 죽은 사람이었다. 그렇지만 그녀는 왜 밤마다 이러한 불가사의한 일을 저질렀던 것일까? 필자는 그것을 지금부터 이야기하자고 한다.

◉ -기묘한 사인분의 맛있는 밥상-

-어느 봄날 밤 C과학자와 흩어지는 벚꽃 속에서 이야기를 나누다-

제1차 세계 대전의 여파는 일본제국 재계에 대변동을 초래해, 특히 조선에서도 텅스텐(무기생산에 쓰이는 광물) 사업이 활황으로 난리도 그런 난리가 없었다. 경성에 사는 어느 하급관리의 경우도 쌀이나 옷이 너무 비싼 생활에 지쳐 고가네 유원지에 있는 조선인 고물상으로부터 구입한 망치를 들고 혹시나 하는 희망과 더불어 장충단에 올라가 이리저리 바위를 두들겨 깨고 다녔다는 소문이 났었다. 하여튼 당시 경성에서 광산열은 대단하였다. 겐시치가 살고 있던 고양시 연희면 외곽에서도 경성에서 찾아온 광산 탐방자는 셀 수 없을 만큼 엄청났고, 그 사람들이 이민 마을 주변 밭에서 그 농작물을 망치는 일도 많았다.

어느 여름날 겐시치 집에서는 이런 일이 있었다. 하늘이 중국인의 옷 빛깔처럼 맑았던 새벽 무렵, 하늘 저편부터 어두운 구름 움직임이 분주해지더니 순식간에 엄청난 뇌우가 내습했다. 마을 일대의 건조한 땅도, 시들은 초목도 일순간 되살아난듯이 생생한 빛깔로 변했다. 마침 통행인 하나가 지나가다가 갑자기 만난 비 때문에 겐시치의 집 처마에 뛰어들어와 비가 그치기를 기다리고 있었다. 친절한 겐시치는 비가 그치지 않아 곤란해 하는 그 남자에게 말을 걸었다.

남자는 겐시치의 집이 기울어진 오두막집이었지만 주변 열 한 채 집들도 비슷한 오두막집이고, 수 십리 떨어진 수색리까지는 집 그림자도 보이지 않는다는 것이 생각나서, "아이고, 이거 참 미안하게 됐소이다."라고 기다렸다는 듯이 기꺼이 집안으로 뛰어든 것이었다. 남자는 속으로 —이런, 이런! 지저분한집이 같으니라고!— 라고 생각했다. 그런데 문득 거기에 있던 겐시치의 세 딸을 보자, 셋 다 아름다운 용모의 여성이라서 남자는 자기도 모르게 그 모습에 미혹되고 말았다.

그 중에서도 남자는 오나카의 요조숙녀와 같은 모습에 완전히 반해 버렸다. 그 날 남자는 빗발이 약해지자 돌아갔지만, 그 이후로 그 집 앞을 지나갈 때마다 겐시치 집에 들르기 시작했다. 그 남자가 혼마치 4번지에 거처를 두고 있다는 것, 직업은 광산가인 것 등을 알게 되자 겐시치 가족들은 그에 대해서 꽤 호감을 갖게 되었고, 결국 오나카와의 결혼이 성립된 것이다. 그런데 이 남자 '미즈시마 데쓰조(水島鐵造)(가명)'는 타고난 난봉꾼이라서 결혼한 후에도 오나카의 고심은 이만저만이 아니었다.

전쟁이 확산되면서 광산붐은 호황의 기세를 이어나갔고, 그와 더불어 데쓰조가 주지육림(酒池肉林)에 탐닉하는 정도가 심해졌다. 그가 오나카를 혼자 두고 며칠 집을 비우는 일도 적지 않았다. 심야에 언덕 집 창가에는 데쓰조를 기다리는 오나카의 외로운 모습이 달에 비쳤다. 그럼에도 불구하고 오나카는 데쓰조를 뜨겁게 사랑했다. 그녀는 남편을 진심으로 사랑하면서도, 한편으로는 데쓰조로부터의 강한 사랑을 원하고 있었을 것이다. 그렇지만 그녀는 따뜻하고 부드러운 성격이었고 농촌 출신이라는 열등감에 데쓰조에게 아무 말도 못하고 있었다. 그래서 그의 만행은 갈수록 심해지기만 했다. 그녀의 마음고생을 생각하면 누구든 눈물을 흘릴 수밖에 없을 것이다.

오나카는 마치 도망간 새의 새장을 안은 채 여러 날을 기다리기만 했다는 미국의 어느 왕자처럼 한 가닥 헛된 희망을 품고 있을 뿐이었다. 그 무렵에서 오나카는 일종의 히스테리 증상을 보이기 시작했다. 일본의 소설가 다야마 가타이(田山花袋)는 여자만큼 미치기 쉬운 존재는 없다고 말한 적이 있는데, 오나카도 예외는 아니었다. 창백한 달빛이 나무 사이로 쏟아지고, 바람소리 하나 없는 적막한 장충단 언덕 거리에는 머리를 흩날리는 오나카의 미친 모습이 뚜렷이 보였다. 새하얀 정강이를 다 드러낸 채 그녀는 "데쓰조씨~!" 하고 조각날 듯이 날카로운 목소리로 외치나 싶더

니 다음 순간은 "껄껄껄…" 웃는 것이었다. 그럴 때면 잽싸게 언덕 위의 집에서 피를 나눈 부모보다도 친한 하녀 오시즈(お静)가 달려와서 "사모님~! 사모님~!" 하고 오나카를 부둥켜 안고 달래면서 다시 집으로 데려가는 것이었다.

그러나 날이 새고 밝은 태양 녹색 빛에 개나리꽃이 팔랑댈 시간이 되면 오나카의 마음도 진정되고 그 호리호리한 몸으로 담의 꽃들을 만지작거릴 때가 있었다. 오시즈는 그런 모습을 보고 "참 안쓰러워."라며 눈물을 훔쳤다.

여름이 지나고 초가을 무렵이었다. 오나카가 많이 쇠약해져서 몸이 앙상하더라는 소문이 사람들의 입가에도 올랐다. 그 즈음에 시월 사 일이었다!! 그건 하나조노초의 삼거리 우체통에 오나카가 편지를 넣었던 날이었다.

우편물에는 서투른 글씨로 "아사히초 1번지 △△옥(유곽 이름)내 미즈시마 데쓰조 귀하"라는 진심이 담긴 필치로 글씨가 써져 있었다. 그 편지 내용이 당연히 "부디 돌아 와주세요. 부탁합니다." 이었던 것은 누구나 짐작한대로다. 매일 밤 그녀는 휘청휘청 나타나 "툭!!" 편지를 던져넣고는 사라졌다. 그런데 그러던 12일 째였다. 그녀가 죽고 말았던 것이다. 이 소식을 듣고 놀라서 아사히초 유곽에서 달려온 데쓰조도 역시 기분은 좋을 리 없었다.

오나카의 장례행렬은 북한산이 파란 하늘 앞에 뚜렷이 모습을 드러낸 오후시간에, 조용히 광희문 외곽으로 향했다. 잠시 후 노을에 물든 수철리의 산속 소나무 숲 위로 창백한 연기가 모락모락 솟아올랐다. 그저 그뿐이었다. 그것은 연희면 외곽에 있는 그녀의 초가집 창으로 흩어진 복숭아꽃 같은 덧없는 여자의 운명과 같았다. 첫째 언니는 토장(土葬), 둘째 오나카는 화장(火葬)이었다. 수골(收骨)은 오시즈가 했다. 상황이 이렇게 되자 데쓰조는 당당하게 아사히초 기생을 집에 끌어들여, '아아, 이제야 자유로워졌군.'이라고 생각했다. 사모님의 아버님이 살아만 계셨어도…… 하녀인 오시즈는 생각했다. 데쓰조와 오시즈, 이 두 사람의 대립관계는 점점 심해져갔다.

무슨 일이 있을 때마다 오시즈는 반항했고, 데쓰조는 그게 화가 나서 그녀를 때리기도 하였다. 그럴 때마다 오시즈는 데쓰조를 째려보면서 아무 말도 하지 않았다. 그 눈빛 속에는 여자의 당당함과 원망이 녹아들어서 마치 말이 없는 소처럼 냉연히 데쓰조를 쳐다보는 것이었다. 하루 하루 그 집 분위기는 어색함으로 짙어져 갔다. 얼마 후 오시즈는 오나카와 똑같이, 아니, 오나카의 화신처럼 변해서는 결국 죽고 말았다. 일본 쇼도시마(小豆島)에 있는 오시즈 집에서 촌스럽기 그지없는 얼간이 오빠가 동생이 죽었다는 소식에 달려왔다. 또 다시 언덕 위집에서는 구불구불한 장례 행렬이 늘어졌다. 약간의 돈을 받고 오시즈의 오빠는 기분이 좋아서 여동생의 유골을 들고 고향으로 돌아갔다. 데쓰조는 그 모습을 보고 앓던 이가 빠진듯한 쾌감을 느끼며 그 뒷모습을 배웅했다.

그렇지만 죽은 오나카와 오시즈, 이 두 사람의 한은 더욱더 깊이 뿌리를 내린 셈이었다. 뼈는 고향인 쇼도시마에 묻혀 있어도 그들의 영혼은 아직도 언덕의 윗집에 남아 있던 것이다. 오시즈가 죽은 다음부터 데쓰조는 전보다 더 당당하게 기생을 데리고 곳곳을 놀러 다녔다. 그런데 그 때부터 그들에게 이상한 일이 일어나기 시작했다. 어느 날, 둘이 장충단 공원에 있는 찻집에 들어갔을 때였다. 뭔가 가볍게 먹을 것을 주문했는데, 그 다음부터 기묘한 일이 시작됐다. 찻집 여자가 사인분의 방석과 밥상을 가지고 들어왔던 것이다.

데쓰조는 "왜 사인분을 가져 오는거야?"라고 화난 목소리로 말했다. "어머, 손님. 아까 들어오셨을 때는 여자 손님 두 분이 더 계셨잖아요…."라고 여자는 미심쩍은 눈초리로 말했다. 데쓰조는 놀라서 주변을 둘러보았지만 아무도 없었다. 그러자 그들은 섬뜩한 전율을 느껴졌다. 두 사람은 아무리 술을 마셔도 흥이 나지 않아 일찌감치 그 집을 나와서 혼마치 5번가까지 왔다. 다시 기분을 바꿔서 사안교(思案橋) 바로 옆에 있는 우동집에 들어가 이층에서 주문한 우동을 기다리고 있었다. 괴상하게 생긴 여급이 계단을 요란하게 밟으며 나타났다. 그런데 역시나 똑같이 그녀는 사인분의 밥상을 그들의 눈앞에 늘어놓고 간 것이었다.

데쓰조와 여자, 두 사람은 파랗게 질린 얼굴로 마주 보았다. 더 이상 아무것도 손에 잡히지 않았다. 오나카와 오시즈는 그림자가 되어서 알게 모르게 늘 데쓰조 뒤를 따라다녔던 것이다. 심야의 언덕 윗집에서 쓸쓸한 신음 소리가 들려왔다. 비바람 치는 밤에 덧문이 느닷없이 꽝 소리를 내고 닫히고서는 다시 고요한 밤으로 돌아가기도 했다. 괴이한 솔바람의 와삭거리는 소리와 소란스러운 밖의 동정에 정신이 팔려 있는 사이, 두 사람의 침실은 이상한 기운으로 가득 찼다. 어둠 속에 한 장의 백지가 팔랑 팔랑 떨어졌는데 그 백지에는 눈이 붙고 코가 생겨, 마침내 찢어진 입으로 히쭉 히쭉 웃는 붉은 얼굴이 되었다. 유곽에서 데리고 온 그 기생은 얼마 되지 않아 죽고 말았다.

기생이 죽은 그날 밤, 오나카와 오시즈의 영혼은 대나무 우산을 쓰고 별빛 은하수를 헤엄치듯이 그 집을 떠났다. 두 여인의 한이 다 풀어진 것이 아니지만 적어도 속이 시원해졌을 것이다. 그 뒤 두 여인은 다시는 나타나지 않았다. 이제 보라 빛의 색정의 세계는 정적에 휩싸였다. 두 영혼은 조용히 영면에 든 것이다.

필자는 이것으로 괴담의 대략을 적었다고 생각되지만, 추가로 여동생 마키에가 동소문 쪽에 사는 조선인 부자 김씨의 첩이 되어 백의를 입는 조선 여자로서 돈암리 산간에 살고 있다는 소문을 전하고자 한다.

마지막에 과학자 C씨의 말씀을 여기에 올리며 이 한 편의 글을 끝맺기로 한다.

C씨는 그늘 아래에 개나리가 피어있는 정원과 접한 안방으로 나를 인도했다. "자, 편히 앉으세요."하고 근엄한 태도로 다과를 권했다. 열린 미닫이 너머 봄의 맑은 밤하늘에 구렁이 눈동자 같은 별들이 반짝반짝 빛나고 있었다. 방의 불빛이 닿지 않는 구석으로, 밖에 벚꽃 나무가 있는지 꽃잎이 바람에 날려 팔랑 팔랑 들어왔다. 과학자 C씨는 조용히 입을 열며 말했다. "불가사의한 현상들이 모두가 해결될 때가 올 겁니다. 전기는, 옛날에는 이상한 것들 중 하나였습니다. 번개는 뇌신(雷神)이었지만 지금은 과학적으로 설명되었습니다. 현재의 진보적인 과학자는 영혼 이식을 연구 중에 있습니다. 해마다 식어가는 지구의 앞날도 흥미로운 문제입니다. 가까운 앞날에 인류의 멸망할 때가 다가오고 있는지, 아니면 백 년 후 또는 천 년 후일지? 인간의 영혼 불멸을 주장하는

사람들은 유령 같은 것도 존재한다는 설을 가지고 있는데, 영혼은 육체와 함께 소멸한다는 과학자는 그 존재를 의심하는 것 같습니다. 하지만 영혼과 함께 육체가 사라진다면 인간이란 너무 덧없는 것이지 않습니까. 앞으로 어떻게 영혼과 인류의 접촉이 해결될 것인가? 어느 과학자는 인간은 양성동물, 그리고 유령은 음성동물로 역시 지구를 기점으로 존재하는 것이 틀림없다고 말하고 있습니다. 또, 어떤 학자가 기절한 사람의 감상을 조사해봤더니 한 남자는 -나는 산위에서 아름다운 백합꽃이 있는 마치 파라다이스와 같은 곳이 보여서 거기에 가려고 열심히 걷고 있었습니다. 그런데 뒤쪽에서 누군가가 나를 부르는 소리가 들렸습니다. 전 그 아름다운 곳으로 가고 싶어 어쩔 수가 없었지만, 문득 뒤돌아 본 순간! 저는 이승에서 소생했습니다.-라고 보고했답니다. 이런 내용을 생각해보면 기절했을 때는 큰 소리로 그 사람이름을 부르는 필요가 있다고 주장하는 사람도 있습니다." 라고 C씨는 이야기를 끝내고 조용히 정원의 어둠을 꿰뚫어 볼 듯 날카로운 눈으로 어둠속에서 흩어진 벚꽃을 바라보고 있었다. (끝)

* 『朝鮮公論』 第10卷4-5号, 1922.4-5

이상한 하얀 목

무라야마 지쥰(村山智順)

隨筆

變つた白首

◇……訓練院原頭の怪美人……◇

村山智順

こせついた京城の中部が厭になつた私はこの春、市の東部黄金町附近に新建の家を探して引越した。此の附近は府でも放つて置くのか、毎日午後になると西風が吹いて大通りには濛々と砂ほこりが立ち、道路邊の店先などショウインドの硝子に學校歸りの子供が指先で劍劇の場面などを描き出せる位であるが、大通りから少し入り込んだ私の新居は敢て苦にする程のこともない。訓練院はすぐ其處でバッチングの響も居ながら樂しめ、奬忠壇も電車を乘らずに杖が引けるし、おまけに朝寢坊の私には東大門の車庫が近くなので、遲刻してはと氣が氣でなく、停留場に驅け附ければ、二臺も三臺もすつすつと素通りする、鈴なり電車を怨めしさうに見送る事もないから、商賣人にはどうか知らんが勤め人にはもつて來いの處だと尻を落つけることにした。

引越してから三日目、まだ引越荷物の繩をかけたまゝな物が可なりあるから、丁度日曜ではありお天氣も良いので片附けやうと思つて居た。とそこへ引越早々社の同僚達に、

『こんどの家は素的だよ、木の香が新しく二階の眺めは東大門、光熙門、京城グラウンド、奬忠壇を庭園とし、その庭園に食後庭下駄でぶらつけると云ふ譯だからね。まあ一度は氣晴しに來給へ』と自慢した、その利目か、同僚の金、橋本の兩君と金君の先發で京城、殊に東部の事に詳しいと云ふ朴と云ふ人を私に紹介しようと三人連れ立つて來た。

三人を二階へ通した私は窓を開けて。

무라야마 지준(村山智順) 「이상한 하얀 목(変った白首)」『朝鮮公論』第17巻1号, 1929.1

경성의 중부 지방의 여유없는 생활에 싫증을 느낀 나는 이번 봄에 시의 동부 고가네초(黃金町) 부근에 신축 집을 찾아 이사했다. 이 부근은 경성부(京城府)에서도 잊힌 곳으로 매일 오후가 되면 서쪽 바람이 불어와 대로에는 모래 먼지가 일었다. 도로변에 위치한 가게 창문에 하굣길의 아이들이 손가락으로 칼싸움 장면을 그리곤 할 정도였다. 대로에서 조금 떨어진 우리 집은 그렇게까지 불편한 건 없었다. 훈련원이 바로 근처에 있어 야구 배팅 소리도 집에서 즐길 수 있었고, 장충단까지도 전차를 이용하지 않더라도 걸어갈 수 있었다. 더욱이 늦잠꾸러기인 나에게 동대문 차고가 가깝다는 사실은 무엇보다 반가웠다. 늦잠을 자더라도 제정신을 못 차리고 차고까지 달려갈 일도, 두 대고 세 대고 무심히도 옆을 지나가는 전차를 원망의 눈초리로 쳐다 볼 일도 없어졌기 때문이다. 이런저런 이유로 장사를 하는 사람에겐 어떨지 몰라도, 직장인에게는 최적의 장소라 생각해 정착을 하기로 했다.

이사하고 나서 3일이 지난 일요일은 날씨도 좋았기 때문에 아직 풀지 않은 이삿짐을 풀기로 했다. 그래서 회사 동료들에게

"이번 이사한 집은 너무 마음에 들어. 나무 향기도 그렇고 2층에서 보이는 동대문, 광화문, 경성 운동장, 장충단 등은 자랑하고 싶을 정도라니까. 식사 후에 슬리퍼를 신고 정원에 나와서 이 모든 걸 볼 수 있으니까 말야. 뭐 한 번 정도는 기분전환도 할 겸 와봐"

라고 자랑을 했다. 그 자랑이 효과가 있었던 것일까 동료 중에 김 군과 하시모토(橋本) 군이 김 군의 선배로 경성의 동부 지방을 잘 알고 있다고 하는 박 씨를 나에게 소개시켜줄 셈으로 우리 집을 찾아왔다.

세 사람을 2층으로 안내한 나는 창문을 열고

"따로 준비한 건 없지만, 신선한 나무 향과 정원의 경치를 만끽하도록 하세요! 사무실에서 따분하게 여사원들의 화장한 얼굴이나 귀 뒤로 넘긴 머리를 바라보는 것보다 기분이 상쾌해 질 테니까요."

이렇게 말하며 내가 앞장서서 사람들에게 권했다.

"향나무 냄새라고는 하지만 벽이 아직 마르지 않아서 흙냄새가 나는 것 같은데."

하시모토가 지지 않고 말하는 것이 여전하다.

"하지만 경치는 자랑할 만하군요."

김 군은 역시 비위를 잘 맞춘다. 김 군과 나란히 서 있던 박 군은 혼잣말처럼

"저 광장이 훈련원인가? 많이 바뀌었네요!"

뭔가 감회가 새로운 듯 앞을 바라보며 중얼거렸다. 나는 그 말을 듣고 김 군으로부터 박 군이 경성의 동부 지방을 잘 알고 있다고 들었다는 사실을 떠올렸다.

"그렇다면 박 씨는 저 훈련원을 오랜만에 본 건가요?"

"네, 제 아버지가 호조(戶曹)에서 일하고 계실 때, 우리 집은 동대문의 왼편쯤에 있었습니다. 그래서 친구들과 같이 이 부근까지 자주 놀러오곤 했지요."

"그게 몇 년 전의 일이죠?"

"한 25, 6년 정도 됐나요. 제가 스무 살이 되던 때에 아버지는 관직에서 물러나서 대구로 내려가셨으니까요."

"그러고 나서는 경성에는 두 번 다시 온 적이 없었어요?"

"두세 번 정도 오기는 왔지만, 항상 일에 쫓겨서 어렸을 적 추억이 깃든 곳은 가보고 싶어도 그럴 여유가 없었지요."

"박 씨는 대구 ○○상회 지배인이니 분명 일이 매우 바쁘겠네요."

김 군이 끼어들었다.

자리로 돌아온 세 사람에게 다시 차를 내었다.

"박 군이라는 사람은 지금부터 25, 6년도 전에 있었다면 뭔가 재미있는 사건이라도 알고 있을 듯한데, 기회를 봐서 얘기해 달라고 부탁할 수 없을까요?"

라고 김 군에게 부탁을 했다. 박 씨는 처음에는

"별로 재미있는 이야기라고 할 것도 없습니다."

라며 무뚝뚝하게 대답했다. 그리고 얼마간 잡담이 계속됐다. 그러다가 장충단에는 옛날에는 괴물이 자주 나오긴 했지만, 지금이야 훌륭한 공원으로 바뀌어서 귀신들도 나오지 않는다고 이야기의 화재가 바뀌었다. 그러자 하시모토 군이 옆에서

"아니에요, 나옵니다. 역시 요즘에도 괴물이 나온다니까요. 신문에서도 자주 보도가 되고, 나도 한두 번 본적이 있는데요."

라며 득의양양해서 이야기 했다. 김 군은 못 믿겠다는 듯이

"괴물이 나온다고요? 저도 자주 산책을 합니다만 본 적도 없고,

신문에서 기사를 읽은 듯한 기억도 없는데요."

라고 이의를 제기했다. 박 씨도 역시 의심이 가득한 얼굴이었다.

"그렇다면 낮에 나오나요? 밤에 나오나요?"

내가 물으니 기다렸다는 듯이

"괴물은 밤에만 나옵니다. 벌써 괴물이 나올 만한 계절이네요. 이맘때부터 여름까지가 가장 괴물들이 활약할 때입니다."

"활약이라니요. 대체 어떤 모양의 괴물입니까?"

김 군이 슬슬 진지하게 질문하기 시작했다. 하시모토 군은 슬쩍 미소를 짓고 겁을 줄 생각이었는지

"저 연못가에 있는 버들나무 가지가 늘어진 곳 근처에 저녁 10시가 넘으면 희고 아름다운 여자의 목이 불쑥 떠오르고, 부근을 산책하는 남자는 자기도 모르게 그 목 쪽으로 다가갑니다. 그러면 그 괴물은 남자를 붙들고 어둠 속으로 사라지는 거지요."

"에이 뭐예요. 당신이 말하는 괴물이 그런 거라고는 대충 짐작은 하고 있었지만, 그런 하얀 목을 한 여자 정도라면 장충단이 아니더라도 남산공원에도, 파고다공원에도 사직공원에도, 그리고 이제 여름이 되면 용산 다리 위에도 나오는 괴물이잖아요. 그다지 대단한 것도 아니네요."

"그 괴물은 흔히 말하는 하얀 목이네요. 그것과 비슷한 거라면

하얀 다리를 한 여자도 있어요. 대구 달성공원 등에도 여름밤이면 혈기 넘치는 청년들이 하얀 무와 같은 하얀 다리에게 피를 빨리고 있는 모습을 종종 봅니다."

김 군은 이제야 하얀 목이 괴물이 아니라 길거리의 여자를 가리킨다는 것을 이해한 것 같았다.

"뭐예요 정말. 엉터리잖아요. 저는 또 정말로 요즘 같은 세상에 괴물이 나온다고 생각했잖아요. 하시모토 씨는 언제나 이런 식이라니까요."

누구라 할 것 없이 한바탕 웃음이 터졌다. 차를 다 마신 박 씨는 카이다 담배에 불을 붙이고 나를 향해

"하얀 목이라고 해서 생각이 났는데, 훈련원에서 진짜 괴물이, 그 흔히 이야기하는 하얀 목이 아닌, 진짜 이상한 하얀 목에게 한 서생이 피를 빨려서, 거의 죽을 뻔했다는 이야기를 들은 적이 있습니다."라며 큰 목소리로 이야기했다.

"허, 흥미로운 이야기이네요. 무슨 이야기이지요? 꼭 한번 듣고 싶군요."

라고 내가 재촉하자, 이번에는 하시모토 군이

"역시 헛소문이겠지요."

"아닙니다. 이번엔 진짜예요. 그리고 피를 빨린 그 서생은 제가

아는 사람이라고요."

이렇게까지 분위기가 무르익자 박 씨가 나서서 그 이야기를 시작했다. 박 씨의 이야기에 의하면 박 씨가 어릴 무렵 그 사람은 우리 옆집에 살고 있었는데 너무 멍하니 있을 때가 많아서 어린마음에도 이상한 사람이라 생각했다고 한다.

아버지는 대구로 내려가고 나서 3년째 되던 해에 어릴 적 친구가 찾아와서 술잔을 기울이며 옛 이야기를 나누다가 그 옆집 사람이 죽었다는 소식을 들었다. 아버지는 그 옆집 사람에게는 기괴한 일이 있었다고 친구에게 얘기했다. 아버지 옆에 있던 박 씨가 들은 것은 다름 아닌 그 하얀 목 이야기였다.

"내가 어렸을 때에도 이 훈련원은 풀이 무성해서 낮에는 나비나 잠자리를 좇아 뛰어다니는 아이들이 가득했지만, 밤만 되면 거짓말처럼 적막해지는 광장이었습니다. 오늘날처럼 근처에 인가가 있었던 것도 아니어서 인적이 드문 저녁이 되면 도깨비불이 나타난다는 소문이 있었으니까요."

박 씨는 말을 이어갔다.

"아버지의 이야기에 의하면 그 어릴 적 친구인 채 씨—그 친구가 채라는 성이었습니다만—가 훈련원에서 하얀 목에 당한 것도 아버지가 어렸을 적이라고 했습니다."

"그렇다면 꽤 오래전 얘기네요. 채씨여난(蔡氏女難)의 로맨스는."

하시모토 군과 나는 농담처럼 이야기했다.

"제가 아직 태어나기 전의 이야기이니까 지금부터 5, 60년도 더 된 일이죠."

라고 대답하고, 박씨는 이야기를 이어갔다.

채 씨는 25, 6세 정도의 청년으로, 박 씨의 아버지와 함께 과거 시험 급제를 목표로 열심히 공부하고 있었다. 그런데 어찌된 일인지 채 씨는 운이 따라주지 않아서 과거 급제의 영광을 누릴 수는 없었다. 박 씨 아버지는 진심으로 채 씨를 위로했지만, 그 이후 둘의 관계는 소원해지고 말았다. 여난(女難)의 로맨스는 과거 시험이 끝난 지 얼마 안 돼 일어났다.

채 씨는 같이 시험을 봤던 친구는 원했던 목표를 손에 얻었는데, 자신은 실패하고 홀로 남겨진 것 같아 화가 나서, 주위의 사람들과 얼굴을 마주치고 싶지도 않아서, 낮에는 외출을 삼갔다.

분을 풀 길 없는 채 씨의 마음을 몰라주듯 신춘의 바람은 새싹을 틔우고 나뭇잎을 쓰다듬어, 여기저기 개나리꽃이 꽃망울을 터뜨리기 시작했다. 추운 겨울에는 온돌에 앉아 독서하는 것이 유일한 낙이었던 채 씨도 화창한 햇살이 창문을 두드리고 까치가 활발히 나뭇가지를 나르는 모습을 보니 독서도 조금 싫증이 나기도 해서 외출하고 싶다는 생각이 들었다. 하지만 낮에는 아직 발이 무거웠다.

어느 날 채 씨는 날이 저물 때를 기다리다가 집을 나섰다.

아무도 자신을 신경쓰지 않았지만 자신도 모르게 대로를 피해 걷다 보니, 저절로 사람들의 통행이 적은 훈련원 쪽으로 발이 움직였다. 냇물에 걸려 있는 밝은 달, 훈련원의 초목을 부드럽게 감싸는 안개, 옷깃과 소매를 쓰다듬는 봄바람에서는 봄기운이 온몸으로 느껴졌다.

'세상은 봄이구나. 사람도 새도 나무도 풀도 모두 이 봄을 즐기고 있구나. 실의에 빠진 나조차도 봄이 되니 역시 기분이 좋다. 하물며 영광을 차지한 사람에게는 이 봄이 얼마나 즐거울까. 어딘가에서 장구 소리가 들려온다. 아니 이 근처에 환락의 항구는 있을 리 없는데. 마음의 장난인가. 누릴만한 사람들이 그에 상응하는 봄의 소리에 귀를 기울이는데 무슨 문제가 있겠는가. 나는 이런 봄을 언제 누릴 수 있을까.'
라고 공상에 잠겨 천천히 앞을 바라보던 채 씨의 눈에는 이상한 것이 비추었다. 자세히 보니 얼굴은 확실히 안 보이지만, 여인이 한 사람 서 있었다.

'이렇게 어두워졌는데 여자 혼자서…….'
라고 생각하던 채 씨는 잠시 멈추어 서서 주시하고 있었다. 여인도 채 씨 쪽으로 다가와서 서 있는 것 같았다.

'나를 기다리고 있었던 건가?'

실의에 빠진 사람이라고는 해도, 채 씨 역시 혈기 왕성한 청년, 가슴 부근의 뜨거운 피는 저절로 다리를 앞으로 나아가게 했다. 채 씨와 여인과의 거리는 점점 줄어들었지만, 여인은 피하려는 기색이 보이지 않았다. 가까이에서 보니, 머리를 올린 것이 처녀는 아니었지만, 옅은 화장을 한 그 얼굴이 밤에 보아도 너무 아름다웠다.

'정말 근사하다. 이런 미인이 이렇게 쓸쓸한 곳에, 거리의 여자인가? 아니다. 그렇다고 하기엔 기품이 넘치는데? 아무리 봐도 높은 집안의 사모님 정도 되어 보이는데. 어쨌든 이야기라도 걸어봐야겠다.'
라고 생각한 채 씨는 우선 눈짓으로 한두 마디 건네 보았다. 부인이 별로 놀라는 눈치가 아니기에 용기를 내어 조금 더 다가간 채 씨는 입을 열었다.

"몰래 산책을 하는 것 같은데 산책에는 최고로 기분 좋은 밤이네요. 혼자 나오셨나요? 아니면 누군가 기다리고 계신가요?"

"아니요. 딱히 누군가를 기다리는 건 아니에요."

"그렇다면 혼자서는 쓸쓸하실 텐데, 괜찮으시면 같이 좀 산책하실까요?"

"네, 감사합니다."

조용히 대답한 부인은 채 씨와 어깨를 나란히 하고 천천히 걸음을 옮겼다. 이런저런 이야기를 하는 동안 채 씨는 이 부인이 자신에게 충분히 호의가 있다고 생각하고 솔직히 마음을 털어놨다. 부인은 그 말을 듣고 조금 얼굴을 붉히며,

"그러면 좀 누추한 곳이지만 소첩의 집에 들러주시겠습니까."
라고 채 씨의 마음을 받아들였다. 채 씨는 조금 주저했다.

"댁이 어디인지는 모르겠지만 훌륭한 댁에 갔다가 문지기에게 문전박대를 당할까 걱정됩니다."

"아니에요. 제가 다 알아서 할테니 그런 걱정은 안 하셔도 될 거예요."

이 말을 들은 채 씨는 부인이 한 집안의 부인이라면 별 걱정

안 해도 되겠다고 안심이 됐다.

"그렇게까지 말씀해 주신다면 잠시 실례하겠습니다."

둘은 나란히 걷기 시작했다. 훈련원에서 그리 멀지 않은 거리의 모퉁이를 돌아 내천을 건너니 우뚝 솟은 대문이 눈에 들어왔다. 색색으로 치장한 기와를 얹은 담으로 둘러싸인 훌륭한 대저택이었다. 대문 앞에선 부인은

"이 집입니다. 잠시 여기서 기다려 주십시오."

이 말을 남기고 부인은 홀로 문안으로 사라졌다. 시간이 흘러도 아무런 기척이 없자, 채 씨는 조금씩 불안해졌다. 이윽고 문이 열리고 한 소녀가 얼굴을 내밀었다.

"기다리게 해서 죄송합니다. 안쪽으로 들어오십시오."

정중히 안내를 받은 채 씨는 안으로 들어갔다. 소녀의 뒤를 따라가며 보니 하얀 돌을 갈아 만든 초석은 말할 것도 없고, 건물이 너무나 훌륭해서 도저히 사람의 손으로 지어진 것이라고는 여겨지지 않았다. 뒤편으로 돌아가자 밀실 같은 건물이 나왔다. 녹색 창문에 붉은 색으로 칠한 기둥, 그 영롱함에 눈을 빼앗길 정도였다. 방 앞에 다가서자 문이 열리고 안쪽에는 부인이 미소를 지으며 앉아 있었다. 부인은 채 씨를 맞으며

"많이 기다리셨지요? 화가 나셔서 돌아가시지는 않았을는지 걱정을 하고 있었습니다. 실은 다른 사람 눈에 띄지 않도록 하기 위해 집안사람들이 잠들기를 기다리고 있었습니다만, 시간이 상당히 지체되고 말았네요. 자 이쪽으로 드시지요."

라며 내 손을 잡아 방안으로 끌었다. 실내 장식 역시 격이 달랐다. 단청으로 꾸민 족자, 금실로 수를 놓은 의자, 금은으로 꾸민 이상, 옷장, 서랍장은 촛불 빛에 반사되어 눈부시게 아름다

웠다.

“이렇게 멋진 곳도 있다니, 예사 집은 아니겠지요. 용궁 이야기를 들은 적이 있는데, 만약 용궁이 정말로 있다면 여기와 똑같은 모습이겠지요.”

채 씨는 점점 몸 둘 바를 모르게 되어 부인이 여기까지 따라온 자신을 뻔뻔하게 여겨지지는 않을까 걱정이 되었다.

좀 있어 소녀가 술상을 들여와, 적당히 데워진 술을 따랐다. 산해진미와 미주에 얼굴이 홍조를 띨 무렵 부인은 매우 만족스러운 얼굴로 자신의 이야기를 털어놓기 시작했다.

“소첩은 불행한 팔자이옵니다.”

이렇게 말하고는 16살에 이 집으로 시집을 와, 그 당시는 남편은 아직 12살의 소년이었기에 부부라기보다는 놀이 친구처럼 보냈다고 했다.

그러기를 3년, 고얀 전염병이 돌아 시아버지가 돌아가시고, 남편 역시 병상에 눕고 말았다. 밤낮으로 간호를 한 효과가 있었는지, 남편은 병이 낫기는 했지만 결국 허약해진 기력을 회복하지 못하고 이듬해에 감기에 걸려 저 세상으로 떠나버렸다. 일가의 슬픔은 이루 말할 수 없었고, 부인은 20살의 젊은 나이에 미망인이 되고 만 것이다. 상당한 가문이었기에 재가는 꿈을 꿀 수도 없었고, 그 당시에는 밀려오는 슬픔에 죽지 못하는 자기 자신을 원망하기도 했다. 하지만 3년이 지나고 5년이 지난 지금은, 설령 늙은 어미가 자신을 더할 나위 없이 아껴줘도 왠지 마음이 허전해서, 화단, 달밤, 모든 것이 쓸쓸하게만 느껴져 눈물이 마를 날이 없었다. 오늘은 노모의 권유도 있어 기분

전환도 할 겸 소녀를 데리고 산책을 나온 것이었다. 도중에 놀라 날뛰는 짐차의 말을 피해 풀숲으로 뛰어들었는데, 그대로 정신을 잃고 말았다. 정신을 차리고 보니 날은 이미 저물어 있었고, 주위를 둘러봐도 소녀는 보이지 않았다. 어찌된 일인지 곰곰이 생각하며 걷노라니 어느덧 훈련원까지 왔고, 거기에서 채 씨를 만난 것이다. 채 씨와 이야기를 나누는 동안 마음이 들뜨고 지금까지 느껴보지 못했던 즐거움이 샘솟았기 때문에, 이는 분명 보통 사람이 아니라, 하느님께서 자신의 처지를 불쌍히 여겨 보내주신 천사임에 틀림없다고 믿게 되어, 자신의 집에 초대하게 되었다. 채 씨도 만약 자신의 처지가 이해가 된다면 앞으로 오래오래 자신과 사랑을 나눴으면 좋겠다.

채 씨는 부인의 이야기를 들으면서 눈에 눈물이 맺혔다. 이야기 중간 중간에 엿보이는 부끄러워하는 눈빛, 이야기를 마쳤을 때 불타오르는 눈동자를 보고 있자니 부인에 대한 동정과 열정이 동시에 온몸을 감쌌다.

"네, 이는 부인의 처지를 이해를 한다거나, 이해를 못 한다거나 하는 것은 문제가 되지 않습니다. 부인과의 사랑은 저야말로 바라고 있던 바입니다. 하..하지만 부인, 진..진심입니까?"

"진심이 아니라면 어찌 여자의 입으로 드릴 수 있는 말이겠습니까. 하찮은 말로는 마음 속 전부를 전할 수 없습니다. 부디 소첩의 심장에 물어보십시오."

밤은 깊었고, 산해진미와 미주도 충분히 먹고 마셨다. 소녀는 술상을 치우고 채 씨의 옷가지를 받아 정리한 후 호롱불은

가지고 자리를 비켰다.

꽃을 희롱하는 나비의 춤사위, 꿀을 탐닉하는 꿀벌 무리, 얼마간의 꿈만 같은 시간이 두 사람만을 위해 주어졌다. 새벽을 알리는 종소리, 까치 울음소리가 벌써 동이 트는 것을 알렸지만, 환락의 꿈과 나비의 춤사위는 끝나는 줄 몰랐다. 어디에선가 천둥소리가 들리는가 싶더니, 곧 커다란 천둥소리로 이어졌다. 미처 귀를 막을 틈도 없이, 두 사람의 머리위로 귀가 찢어질 듯한 울림이 떨어졌다.

"으악"

비명과 함께 눈을 뜬 채 씨는 부인의 몸이 걱정이 되어 둘러보았다. 하지만 지금까지 옆에 누워 꼭 껴안고 있었던 부인은 그림자도 보이지 않았다.

'벼락을 맞아 죽었다고 하면 자신도 무사하지 못할 테고. 만약 죽었다고 하더라도 시체는?'

채 씨는 눈을 크게 뜨고 찾아보았다.

"앗"

채 씨가 경악한 것도 당연했다. 채 씨는 훌륭한 저택에서 비단으로 둘러싸인 밀실에서 요염한 미모의 부인과 동침한 것이 분명한데, 지금은 악취가 진동하는 돌다리 밑의 쓰레기 더미 속에서 깨어진 돌을 베개 삼아 이끼를 몸에 덮고 누워있는 것이 아닌가. 좀 전에 천둥이라고 생각했던 것은 소달구지가 다리를 건너는 소리였던 것이다.

"그로부터 며칠간 채 씨는 미친 사람마냥 떠들어댔습니다. 안정을 취하고 나서도 그 부인을 잊지 못해 저녁만 되면 훈련원 부근으로 걸어가서 다시 만날 날을 기대했다고 합니다. 그 기대가 점점 높아짐에 따라, 그의 상태는 점점 심해졌습니다. 급기야는 훈련원 주위에서 이 사람 저 사람을 붙들고, 여인의 행방을 물어보는 것이었습니다. 우리 아버지나 친척들이 본인을 불러 자세히 들어보니 옛날부터 전해져 내려오는 '귀부(鬼婦)'라는 괴물의 소행임에 틀림없었다는 것입니다. 결국 집안사람들이 여기저기 수소문을 해서 굿을 받은 후 저주를 풀 수 있었다고 합니다. 하지만 그 일이 있고 나서 채 씨는 한층 세상과 등을 지게 되었고 결국 관직에도 나가지 않고 말았답니다."

박 씨는 이야기를 마쳤다.

"그 돌다리는 훈련원 근처였나요?"

내가 묻자 박 씨는

"정확히는 모르겠지만, 태평교(太平橋)인가 뭔가 하는 다리라고 들었습니다."라고 대답했다.

태평교는 지금의 주교(舟橋)의 동 쪽에 있는 마전교(馬廛橋)를 가리킨다.

* 『朝鮮公論』 第17卷1号, 1929.1

경성의 7대 불가사의

●

다쓰노 유진(龍野幽人)

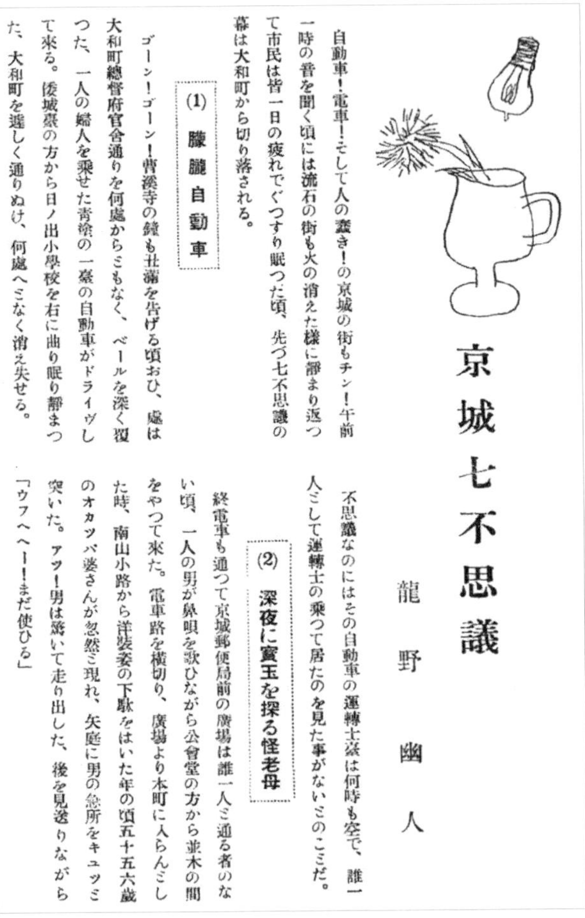

京城七不思議

龍野幽人

自動車！電車！そして人の囁き！の京城の街もチン！午前一時の音を聞く頃には流石の街も火の消えた樣に靜まり返つて市民は皆一日の疲れでぐつすり眠つた頃、先づ七不思議の幕は大和町から切り落される。

(1) 朦朧自動車

ゴーン！ゴーン！曹溪寺の鐘も壯滿を告げる頃おひ、處は大和町總督府官舍通りを何處からともなく、ベールを深く覆つた、一人の婦人を乘せた青塗の一臺の自動車がドライヴして來る。倭城臺の方から日ノ出小學校を右に曲り眠り靜まつた、大和町を逸しく通りぬけ、何處へともなく消え失せる。

不思議なのにはその自動車の運轉士臺は何時も空で、誰一人として運轉士の乘つて居たのを見た事がないとのことだ。

(2) 深夜に寳玉を探る怪老母

終電車も通つて京城郵便局前の廣場は誰一人と通る者のない頃、一人の男が鼻唄を歌ひながら公會堂の方から並木の間をやつて來た。電車路を横切り、廣場より本町に入らんとした時、南山小路から洋裝姿の下駄をはいた年の頃五十五六歳のオカッパ婆さんが忽然と現れ、矢庭に男の急所をキュッと突いた。アッ！男は驚いて走り出した、後を見送りながら

「ウフヘヘー！まだ使ひる」

다츠노 유진(龍野幽人) 「경성의 7대 불가사의(京城の七不思議)」『朝鮮逓信協会雑誌』148号, 1930.9

자동차! 전차! 그리고 사람들의 소음! 하지만 이러한 경성의 거리도 '땡'하고 오전 1시를 가리킬 무렵에는 주위는 쥐죽은 듯 적막이 감돈다. 시민들이 하루의 피로에 깊이 잠들었을 그 때, 7대 불가사의는 슬슬 막을 올릴 준비를 한다.

(1) 몽롱 자동차

땡! 땡! 조계사의 종이 새벽 두 시를 가리킬 즈음. 여기는 야마토초(大和町) 총독부 관사 길 근처. 베일을 깊숙이 덮어 쓴 한 부인을 태운 푸른 색 자동차가 달려온다. 왜성대(倭城台) 쪽에서 히노데(日ノ出) 소학교를 오른쪽으로 돌아 조용한 거리를 통과해 야마토초를

부산스럽게 통과해 어디론가 가 버린다. 그 자동차의 운전석에는 아무도 안 타고 있어, 그 누구도 운전수가 탄 것을 본 적이 없다.

(2) 심야에 보옥(寶玉)을 찾아 헤매는 괴 노파

막차도 끊긴 경성 우체국 앞 광장, 행인이 한 사람도 보이지 않을 무렵, 한 남자가 콧노래를 부르며 공회당 쪽에서 가로수 길 사이로 온다. 전차 길을 가로질러 광장에서 혼마치(本町)로 들어서려고 할 때, 남산 길에서 양장에 나막신을 신고 짧은 단발머리의 55, 6세 쯤 돼 보이는 할머니가 갑자기 나타나, 갑자기 남자의 급소를 꽉 잡는다. "앗!"하고 깜짝 놀란 남자는 허겁지겁 도망친다. 뒤에 남겨진 노파는 "아직 쓸 만 하군, 히히히히."
하고 큰 웃음소리를 남기고 미쓰코시(三越) 백화점 신축 공사장의 담장 뒤로 사라진다.

(3) 카페

혼마치의 모 카페에 들어오는 손님들은 아무도 입구 왼편에 있는 의자에는 앉지 않는다. 그 이유를 궁금하게 여긴 여 종업원이

질문을 하니, 그 의자에는 언제나 묘령(妙齡)의 여인이 의자에 걸터앉아 깊은 생각에 빠져 있다는 소문이 있다는 것이다.

알아보니, 2년 전에 이 카페에 후미(文)라는 귀여운 종업원이 있었단다. 후미가 애인에게 차인 슬픔에 독약을 먹고 그 의자에서 죽고, 그 이후 매일같이 유령이 나타난다는 이야기.

(4) 어둠 속의 신부

'딱' '딱'하고 자경단이 두드리는 막대기 소리가 점점 멀어져가는 철도 관사. ○○ 씨의 집의 개 짓는 소리가 잦아들을 무렵, 한강 다리의 가운데에서 끝자락까지 '번쩍'하고 푸르스름한 불빛이 일어났다. '번쩍'하고 기분 나쁜 불빛이다. 푸르스름한 빛 안쪽을 자세히 보니, 가슴 윗부분은 신부 차림을 한 여자가 이쪽을 응시하고 있다. 곧이어 기차가 노량진 방면에서 빈차를 끌고 이곳을 통과해 가지만 그다지 이상한 점은 눈에 띄지 않는다고 한다.

바로 그것이 이상한 것이다. 이 신부의 모습은 결혼 전의 남자에게 밖에 보이지 않는다고.

(5) 흉사를 알리는 불기둥

땡! 땡! 종소리가 오전 2시를 알리기가 무섭게 '으아악! 불기둥이!'. 잠깐 일을 보러 나갔던 S씨가 얼굴이 파랗게 질린 채 내 방으로 뛰어 들어왔다. 장소는 안국동, 전차 종점 부근에서 푸르스름한 불기둥이 뿌옇게 하늘 높이 솟아있다.

넘어질 것인가? 사라질 것인가?

가만히 보고 있자니 황갈색, 그리고 담적색으로 바뀔 때 즈음이었다. 갑자기 불기둥의 중간 부분이 부풀어 올랐다. 앗! 순식간에 불기둥은 두 동강이 나 서북쪽으로 넘어졌다.

그날 밤 바로 그 시각에 의전(醫專) 병원에서는 세 명의 환자가 죽었다고 한다.

(6) 열리지 않는 방

남산 고을(南山町)의 양반 △△의 집에는 열리지 않는 방이 있다고 한다. 이것저것 사정을 물어보니, 그 방바닥에는 지름이 한 치(약 3.3cm) 정도 되는 혈흔이 5개 정도 있는데, 이상한 것은 아무리 닦아도 닦아도 다시 생겨나서, 언제 보아도 금방 생긴 것처럼 선명하다고 한다.

아무래도 깊은 연유가 있는 듯하다.

(7) 해골을 핥는 남자

△△중학교 기숙사에 '무토 가오루(武藤薰)'라는 남자가 있다. 이 남자는 매일 밤 1시가 되면 갑자기 벌떡 일어나 몽유병 환자처럼 같이 잠들어 있던 기숙사 생도들의 얼굴을 하나씩 냄새를 맡기 시작한다. 얼굴이 끝나면 다음은 발냄새를 맡고, 다들 잠든 것을 확인하고 나서 이상한 눈으로 비틀거리며 밖으로 나가 어디론가 사라져 버리는 일이 며칠 계속 됐다.

어느 날 밤 한 사람이 그를 뒤쫓았다. 비틀거리며 밖을 나간 그는 ××문(門) 정류장에서 오른편으로 올라가 조선인 마을을 지나 5정(약 540m) 정도 걸어, 폐허가 된 절 뒤편의 공동무덤에 다다랐다. 여기까지 오자 그 남자는 주위를 주의 깊에 둘러보고 2, 3개월 정도 전에 묻은 무덤을 파내어 그 안의 뼈들을 핥는다고 한다.

그날 밤 뒤를 밟힌 것을 안 무토는 다음 날 아침 친구들에게 다음과 같이 말했다. 나는 뼈를 핥지 않으면 살아갈 수 없다. 내게는 할머니의 망령이 붙어 있기 때문이다. 그로부터 2, 3일 후 무토는

학교를 그만두고 고향으로 돌아가서, 며칠 안 있어 병으로 죽었다고 한다. 이상한 것은 죽기 전에 눈을 크게 뜨고 집 안에 모셔 둔 조상들의 위패를 향해 '악령은 어디까지라도 따라가 저주를 퍼부을 것이다!'라고 하고 숨을 거두었다는 것이다. 이후 그 가족에게는 이상한 일들이 생기지 않았을까?

* 『朝鮮遞信協會雜誌』 148号, 1930.9

겨울의 괴기

●

모리 가오루(森薰)

모리 가오루(森薫) 「겨울의 괴기(冬の怪奇)」 『朝鮮通信』 238号, 1938.3

만주의 신흥도시 ××××의 겨울은 마을 전체가 얼어붙어 버릴 듯한 추위였다. 그 마을의 한 편에 자리 잡은 ○○전화주식회사에서 겨울밤에 이상한 일이 있었다. 앞으로 소개할 일은 친구 A군이 체험한 실화를 바탕으로 정리한 것이다.

강덕4년(1937년), 12월의 어느 겨울이었다. 해질녘부터 불던 매서운 바람이 잔잔해지고, 끝없이 펼쳐진 하늘에는 쏟아질 듯이 별이 빛나고 있었지만, 기온은 여전히 영하20도를 밑돌고 있었다. 그 날 자동전화기계실 숙직은 시험계원 K씨와 동료 Y군, 그리고 나 이렇게 세 사람이었다.

3시까지 종일 근무를 끝낸 나는 Y군과 교대한 후 숙직실로 돌아와 아직 온기가 남아 있는 침대 속으로 들어갔다. 아직 차가운

바람이 유리창을 두드리는 소리가 신경이 쓰일 만도 했지만, 오히려 아이를 달래는 자장가처럼 들려와 깊은 잠에 빠져들었다. 기묘한 이야기는 그로부터 1시간이 채 지나지 않은 4시가 좀 지나서 일어났다. 나는 돌연 Y군의 겁에 질린 목소리에 단꿈에서 깨어 졸린 눈을 비비며 일어났다. Y군은 핏기가 가신 얼굴로 새파랗게 질린 입술을 덜덜 떨며 잠이 덜 깬 나에게 기계실로 같이 가자고 재촉했다. '고장인가!'. 기술실의 누구라도 생각했을 법한 상황을 나 역시 생각했고, Y군의 표정에서 심각한 고장일 것이라는 사실을 읽을 수 있었다. 나는 잠옷 위에 오버코트를 걸친 채 숙직실을 튀어나갔다. 하지만 예상과는 달리 기계실은 별다른 이상은 없었고, 스위치도 언제나처럼 특유의 선율을 지닌 굉음을 내며 단속적으로 회전하고 있었다. 경보등도 환락가의 네온사인처럼 가끔 점멸해서, 조도를 낮추어 어두운 실내를 구석구석까지 아름답게 비추고 있어, 한눈에 고장이 아님을 알았다. 나는 일단 안심을 하면서도, Y군의 공포의 원인을 궁금해 하면서 난로 옆에 앉았다. 내가 질문하기를 기다리지 못한 Y군은 구내로 통하는 창문을 떨리는 손가락으로 가리키고 있었다. 가슴 깊은 곳의 용기를 쥐어짜듯이 전해준 이야기의 대강은 다음과 같다.

Y가 난로 옆에 앉자마자 구내의 마당 쪽에서 인기척이 나길래 별 생각 없이 문을 열고 살펴보니,맙소사!!, 얼어붙은 창 너머에 누군가 서 있는 것이었다. 더군다나 그 누군가는 창에서 6척(1.8m)도 떨어지지 않은 곳에서 마치 실내를 훔쳐보는 듯한 모습으로 몸을 숙이고 있었다. 처음에는 누군가의 장난일 거라고 여겨 자세히 보고 있었다. 그런데 점점 사람의 윤곽이 또렷해져 누군지 알 수 있게 된 순간 경악을 금치 못했다. 그리고 동시에 머리에 피가 거꾸로 솟는 듯한 충격과 깊이를 알 수 없는 공포에 빠져 들었다. 깊게 눌러 쓴 모자!! 둥근 테의 로이드 안경! M군이다! 아아! 믿을 수가 없었다.

이야기는 거슬러 올라가지만, 동료 M군은 대수롭지 않은 감기가 폐렴으로 발전해 한 때 위독한 상태였다. 그러던 중에 어느 정도 차도를 보여 오랜만에 고향인 규슈(九州) 남단의 일본왕조(皇祖) 발상 지역인 기리시마(霧島)근처의 산골로 요양 겸 휴가를 취하기 위해 잠시 돌아가게 되었다. 그게 불과 2주전의 일이었다. 흥안(興安)에 찬바람이 세차게 불던 11월 25일 오후의 일이다. 역에서 배웅을 하던 우리 모두는 승강장에 선 M군의 쓸쓸한… 잠시의 이별인데도 아쉬워하는 M군의 모습에 왠지 개운치 못한 느낌을 받았다. 병든 친구를 떠나보내는 탓에 다소는 감상적이 되었을 지도 모른다. 핏기가 없어 창백한 얼굴, 깊게 눌러쓴 중절모, 항상 자랑하던 물결모양 목도리, 오버코트 주머니에 반쯤 찔러 넣은 손까지, 배웅을 나섰던 우리들이 M군의 마지막 모습을 생생하게 기억할 수 있는 것도 어찌보면 우연은 아닐 것이다. 불길한 예감은 벌레가 알려준다고 하는 옛말이 이런 경우를 가리키던가. Y군이 창문 너머로 본 M군의 모습이 바로 헤어질 때의 그 모습이었다.

M군의 애수에 젖은 눈이 마주친 순간 전율과 공포에 수명이 반은 준 것 같은 느낌으로 나를 찾아 숙직실로 왔다고 Y군은 새파랗게 질린 입술을 떨며 이야기를 마쳤다. 호기심과 공포에 잠겨 이야기를 듣고 있던 나도, 너무 괴담 같은 이야기에 그다지 믿음이 가지 않았지만, Y군의 진지한 모습으로 미루어 보건데 완전히 거짓말이나 장난은 아닌 듯했다. 다소는 공포를 느끼며 같은 열의 창문으로 문밖을 들여다보았다. 삼라만상이 잠든 구내는 별다른 모습은 전혀 없었고, 어린애 한 명 보이지 않았다. 나는 Y군의 눈에 비친 것은 환영이거나 착각일 거라는 생각이 들었다.

다음 날 아침의 화제는 온통 M군의 이야기뿐이었다. 하지만 누구도 그 이야기를 진지하게 받아들이는 사람은 없었다. 결국 Y군이 잠결에 본 착각일 거라는 식으로 결론이 나버렸어도, Y군은 자신이 잘못 봤을리 없다고, 진실이라고, 계속 주장했다. 그로부터 3일째 되는 아침. 10시를 조금 넘긴 무렵, ××주임 앞으로 한 통의 전보가 배달됐다. ××주임의 얼굴에 순간 긴장이 감돌았다. 그리고 바로 자동전화실의 모두가 집합해서 M군의 사망 소식을 들었다. 실내는 찬물을 뿌린 듯 비통한 정적이 감돌았다. Y군이 본 M군의 환영은 진짜였을지도 모른다. 죽음을 목전에 두고 평소에 친했던 사람들의 꿈속에 나타나 인사말을 건넨다는 이야기를 자주 들어 왔기에, 그러한 현실이 눈앞에 닥쳤을 때 착가일 거라고, 한 순간의 웃음으로 치부해 버린 것이다. 너무나 괴이한 일이었기에 모두 입을 다물지 못했다. 이 일은 귀신이라든지 종교라든지에 전혀 관심이 없던 청년들의 뇌리에 일말의 반성과 감회를 초래했다. M군이 오욕의 세계를 떠나 유명을 달리할 때, 생전에 특히 사이가 좋았던 Y군에게 마지막 인사를 하기 위해 온 것도 전혀 우연의 일치라고는 할 수 없을 것이다.

*『朝鮮遞信』238号, 1938.3

괴이이야기

기사와 쇼주(木澤松壽)

감리과

怪異物語

(一)

監理課 木澤松壽

永原瑶瑱・繪

幽靈の存在について今迄幾多の論議が繰返されてゐるが、結局は何時も存在を肯定する者と、否定する者が半半である樣である。小說や物語り以外に私の身近かに見聞する事の出來た二・三の事實を紹介して幽靈研究者の參考に供すると共に、之等の怪異現象に關する私見を述べてみたい。

私は獨身時代に或る島で一軒の家を借り受驗勉強をしてゐた事がある。食事は隣りの石垣越にある旅館ですませてゐたが、いよ〱受驗旅行に立つと云ふ前夜、連絡船は明朝早く出帆するとの事なので旅館の女中へ、自分が時間になつても起きぬ樣ならいゝ加減な頃起しに來てくれる樣に賴んでをいたのである。處が翌朝、もうそろそろ夜も明ける頃かも知れないと思ひつゝ、ウト〱し

기사와 쇼주(木澤松壽) 「괴이 이야기(怪異物語)」 『朝鮮遞信』 282号, 1941.11

(1)

유령의 존재에 대해서 지금까지 여러 논의가 반복되어 왔지만, 결국은 존재를 긍정하는 사람과 부정하는 사람이 반반으로 나눠는 일이 다반사다. 소설이나 이야기 이외에 내가 주변에서 보고 들은 2, 3가지 이야기를 소개해, 유령 연구자들에게 자료를 제공함과 동시에 이들 괴이 현상에 대한 사건을 몇 자 적으려 한다.

나는 독신 시절에 어느 섬에서 집 한 채를 빌려 입시를 준비하던 적이 있다. 식사는 옆집에 돌담을 사이에 둔 여관에서 해결하고 있었다. 드디어 시험을 보기 위해 떠나기 전날 밤, 연락선이 다음날 아침 일찍 떠나기에, 여관의 종업원에게 내가 시간이 돼도 일어나지 않는다면 대충 시간을 봐서 깨워달라고 부탁을 해 두었다. 다음날 아침 슬슬 아침이 밝을 때가 되었다고 생각하면서도 꾸벅꾸벅 졸고 있을 때, 갑자기 마당 한 편이 환해지고, 누군가 돌담을 넘어 집안으로 달려 들어오는 것 같은 느낌이 났다. 그리고 그 사람(?)은 현관을 드르륵 열고(이 소리는 나의 단순한 느낌으로 지금 쯤 누군가 현관을 열었다고 생각한 순간 소리를 들었다고 느꼈을지도 모른다) 현관 안쪽의 장지문을 연 뒤 2평 정도의 옆방으로 들어왔다. 잠시 후에(이 짧은 순간에 나를 찾아온 사람(?)은 2평 정도의 방에 내가 없었기에 방의 상태를 둘러본 듯하다) 내가 자고 있는 방 사이의 문을 열고,

"아아, 여기에서 자고 있었군요."

라고 말하고, 또 잠시 있다가

"잘 자고 있군요. 정말 잘 자고 있어요."

라고 2번 반복했다. 그때까지 이 불의의 방문자가 남자인지 여자인지 감을 잡을 수 없었지만, 첫 번째 목소리에 여자임을 눈치 챘다. ―여자라면 어젯밤에 오늘 아침 늦잠자지 않게 깨워달라고 부탁한 여관 종업원이 약속대로 나를 깨우러 온 것이구나―라고 생각했다. 나는 잠시 장난기가 돌아서, 여종업원이 어떻게 깨우는지 보려고 자는 척을 하고 있었다. 그 여자는 내 자는 얼굴을 들

여다 보며 두세 번 베게머리 주위를 돌아다닌 후(이 때 나는 분명히 발소리를 들은 것 같은데, 문을 열고 같은 말을 두 번 반복한 것이나, 일부러 베게머리를 왔다 갔다 한 것은 잘 자고 있는 나를 깨우려는 수작이었을 것이다), 갑자기 내 머리맡에서 정좌(正座)를 한 것 같은 느낌이 들었다.

"우리 아이가 많은 신세를 졌습니다. 정말 감사드립니다."

라고 날이 선 듯한 이상한 인사를 받았기에—아니, 종업원이 아니라면 도대체 누구지—라는 생각이 들었다. 모르는 사람 앞에서 자는 척을 하는 것도 아니다 싶어 눈을 뜨고 일어나려고 했지만, 어느 틈엔가 가위에 눌려서 몸을 움직일 수 없었다. 나는 자는 척 했던 것을 후회하면서 대체 누가 온 것인지 생각하려 했지만 전혀 감도 잡을 수 없었기에 목소리로 알아채려고 귀에 온 신경을 곤두세워 다음 말을 기다리고 있었다. 그러자 늦가을의 낙엽이 서로 쓸려 떨어지는 소리 같은 들릴락 말락 한 목소리로

"A가 너무 신세를 많이 졌습니다."

라고 중얼거리듯 이야기를 했다. 그 때까지는 보통 사람이겠거니 하고 있었는데, 몸이 움직이지 않는데다가 목소리를 잘 들어보니 인간의 목소리 같지 않았기에, 갑자기 공포가 밀려왔다. 입시공부에 몰두해서 잊어버리고 있었지만, A라는 이름을 듣고 보니 그가

누구인지 어렴풋이 떠오르더니, 점점 윤곽이 뚜렷해졌다. 목소리가 갈라지는 것으로 보아서 이 여인은 노인일 거라는 생각에,

"A군의 어머니이신가요?"

라고 내 따름 아무렇지 않은 듯 말한다고 했지만, 단어 하나하나를 말하는 것이 가슴을 쥐어짜는 듯이 어려웠기 때문에 제3자가 듣기에는 언어가 아닌 신음소리에 지나지 않았을 것이다. 그녀(?)는 이런 나의 물음에 답을 하지 않았다. 나는 그녀(?)가 내가 거짓잠을 잔 것을 알아채고 화를 내고 있는 것은 아닌가 생각이 들어 화를 풀 심산으로

"그 무렵의 A군은 정말 불쌍했지요."

라고 간신히 말하자 잠자코 내 얼굴을 보고 있던 노파(?)가 갑자기 적의를 누그러뜨리고,

"그러면 이만 실례하겠습니다. 이 은혜는 3개월 후에 반드시 갚겠습니다. 3개월 후에…."

라고 중얼거리는 소리가 점차 작아지고, 베갯맡에 앉아 있던 노파의 기색이 사라진 순간 나는 몸이 갑자기 자유로워져 튕기듯이 일어나 똑바로 앉아 주위를 둘러봤지만 아무도 없었다. 정신을 차리고 나자 비로소 등줄기에 오한이 들었다.

이 유령 노파와 나의 이야기에 등장한 A군은 모처에서 A군이

곤궁에 빠져 주위의 사람들에게서 버림을 받았을 때 내가 다소간의 원조를 했던 적이 있었다. 그 후 A군과 연락도 끊기고 A군의 어머니와도 한 번도 만난 적이 없었다. 만약 내가 가위에 눌린 시점에 A군을 걱정하고 있던 여성의 신변에 문제가 생겼다면, 유령이 존재한다고 말할 수 있겠지만 이런 일들은 그냥 심각하게 생각하지 않는 편이 여운도 남고 좋을 듯하다.

그리고 여담이지만 유령의 말대로 '3개월' 후에 내 신상에 어떤 좋은 일이 일어날까 기대도 했다. 당시에는 오로지 시험에 대한 생각밖에 없었고, 그 시험성적 발표가 마침 3개월 후였기 때문에, 젊은 마음에 은혜를 갚는다는 것이 시험합격인 줄 알고 더욱 시험공부에 박차를 가했다. 그렇지만 결과는 낙제였기에 '그 유령 노파가 나에게 거짓말을 했구나'라고 자신의 부족했던 실력은 거들떠보지도 않고 분해했던 기억이 있다. 그런데 세상일은 알 수가 없는 것이라서, 시험 낙제가 전화위복이 되어 생각지도 못한 곳에서 혼담이 오고가서, 결혼까지 한 것을 보면, 생각하기에 따라서는 유령 노파의 목적은 내 시험 합격이 아니라 결혼이었나 보다. 하지만 가끔, 기껏 도와주려고 했으면 결혼은 물론 시험도 도와주면 좋았지 않느냐고 항의해보고 싶은 마음이 들 때가 있다.

(2)

다음은 내가 예전에 군속으로 종군해서 점령한지 얼마 안 되는 중국 태원(太原)에서 근무할 때의 일이다. 우리들은 패전의 책임을 지고 장개석(蔣介石)의 명령으로 총살을 당했다고 하는 이복용(李福庸) 장군의 넓은 저택에 기거하고 있었는데, 그래서 그런지 그 저택에는 말로 표현할 수 없는 음울함이 떠돌았다. 초목도 잠들었을 새벽 2시 즈음, 나는 무선기기가 놓여있는 방에서 홀로 자고 있었다. 그런데 갑자기 마당 건너편에 있는 작은 방에 자고 있던 K군이 심상치 않은 얼굴을 하고 부산스럽고 흐트러진 발소리를 내며 내가 있는 곳으로 달려왔다. 무슨 일인지 어리둥절해 하는 나에게 마치 헤엄치는 듯한 모습으로 나에게 달라붙어,

"나왔다, 또 나왔어, 모두에게는 말을 안 하고 있었지만, 오늘밤에도 귀신이 나왔네. 미안하지만 자네의 일본도를 빌려주게." 라며 상기된 얼굴로 말했다.

K군은 우리들의 동료로, 이 방으로 옮기고 나서부터 급격히 기력이 떨어져 보여서, 무슨 일이라도 있나 걱정하고 있던 참이어서 이것저것 물어보니,

"저 방에서 자고부터는 매일 밤 같은 시각에 백발에 소복을 입은 늙은 중국인이 발밑의 하얀 벽 쪽에서 어렴풋이 나타나서 손짓

을 하는 거야. 그것도 5일 연속으로 말일세. 매일매일 잠을 방해하는 귀신에게는 내 참을성도 다했어. 자네의 일본도를 빌려 부적으로 쓰려고 하네. 칼날을 칼집에서 세 치에서 네 치(약 9~12cm) 정도 꺼내어 머리맡에 두고 자면 효과가 있겠지."
라는 것이었다. 그리고는 밤만 되면 내 칼을 빌려 가더니, 그 후 할아버지 유령은 한 번도 나타나지 않았다고 기뻐하며 며칠 지나지 않아 원래의 쾌활한 K군으로 돌아왔다.

K군은 나에게 하룻밤만이라도 일본도 없이 저 방에서 자보면 어떻겠냐고 권했지만, 유령이 나타난다는 기분 나쁜 선입견이 주입된 후였기 때문에 그 방에서 자고 싶은 생각은 추호도 들지 않았기에, 할아버지 유령을 뵐 수 있는 영광은 고사를 했다. 그로부터 2주일 정도 지난 어느 날 밤, 문득 눈이 떠져서 아무렇지 않게 무선기기 쪽을 바라보니, 짧은 머리와 생기 없는 얼굴을 한 중국 청년이 몸을 의자에 축 늘어뜨리고, 눈은 위로 치켜뜬 채 나를 바라보고 있는 것이 아닌가. 나도 모르게 담요를 덮어 쓰고, 잠깐이기는 했지만 오만가지 생각을 했다.(K군의 방에 나타난 것은 백발의 노인이고, 일본도의 위력에 도망갔기 때문에 지금 다시 내방에 왔으리라고는 생각하기 어렵다. 그리고 지금까지의 내 생활을 되돌아봐도 어디 원한을 살만한 일을 한 적도 없다. 일부러 북중국까지 찾아온 중국 유령

을 무서워해서야 일본 남자의 수치다)라고 생각하니 갑자기 용기가 났다. 다시금 무선기기 쪽을 노려보니 그 중국 청년은 역시 꼼짝도 안 하고 의자에 앉아서 나를 노려보고 있었다. 내가 "이놈" 하고 노려보자 조용히 사라져 버렸다.

그렇다고는 해도 별로 기분 좋은 일이 아니었기에 잠시 있다 다시 한 번 확인해 보니 다시 나타난 청년이 나를 보고 있기에 노려보자 역시 사라지는 것이었다. 이러기를 4, 5번 반복한 끝에 겨우 이해를 할 수 있었다. 그날은 달이 밝은 밤으로, 달빛과 방안의 가구들의 그림자가 잘 어울려서, 마치 짧은 머리의 남자처럼 보이는 그림자를 만들고 있다는 사실을 말이다. 겨우 전후 관계를 이해하고는 자연의 신비로운 조화에 감탄을 금치 못했다. 일부러 초점을 흐리게 해서 전체적으로 바라보면 단순히 얼룩덜룩한 그림자의 집합에 지나지 않는다는 사실을 알게 되자 안심하고 숙면을 취했다.

K군의 방에 나타난 할아버지 유령이 매일 밤 정해진 시각에 나타난 것도, 달빛이나 다른 어떤 불빛의 조합에 의해 잠이 덜 깬 눈으로 바라보고, 정확한 원인을 규명하지 않은 채 오로지 두려워한 결과였을 것이다. 이렇게 결론을 짓자 안심이 되었다. 다시 4, 5일이 지난 어느 날, 나는 저녁녘에 외출에서 돌아와 무선실로 들

어가려고 문을 열었다. 그 순간 어두침침한 방안에는 며칠 전 달빛 아래 방안에서 나타났던 중국 청년과 똑 닮은 남자가 의자에 앉은 채, 역시나 나를 쳐다보고 있었다. 펄쩍 뛰듯이 깜짝 놀란 것은 말할 필요도 없다.

그때처럼 노려보면 사라지겠거니라고 생각해, 힘을 잔뜩 주고 노려보았지만, 아무리 노려봐도 사라지지 않았다. 오히려 그 남자는 싱글싱글 웃으면서 두 손을 비비며 일어나 인사를 하고, 내 쪽으로 걸어 왔다. 놀라 기절할 정도였던 나를 보고 옆에 서있던 주임격의 I군이,

"너, 왜 그래?"

라고 어깨를 두드렸다. 정신을 차린 나는,

"저, 저 남자는…."

라고 말을 더듬으며, 그 남자를 손으로 가리키자

"아아, 아직 자네에게 이야기하지는 않았지만, 저 남자는 오늘부터 우리 부대에서 일하게 된 보이야. 어디에 갔나했더니 이런 곳에 숨어서 놀고 있었구먼. 정말 어쩔 수 없는 놈이군."

이라고 혼을 냈다.

보이는 의자에 앉아 몰래 쉬고 있는 모습을 나에게 들켰기 때문에, 어떻게 해서든 나에게 잘 보이려는 생각에 웃음을 짓거나

손을 비비면서 걸어온 것이었겠지만, 진짜 인간이었기에 아무리 내가 눈을 부릅뜨고 노려봐도 없어지거나 하지 않은 것이었다.

만약 할아버지 유령을 일본도의 위력으로 물리쳤다고 확신하는 K군이었다면, 유령이 나오는 원인을 몰랐기 때문에 너무 놀란 나머지 일본도로 이 보이를 죽였을지도 모를 일이다. 그렇다고는 해도 달빛의 그림자에 의한 유령과 이 보이의 모습이 쏙 빼닮은 것은 단지 우연의 일치일까. 어떤 인과관계가 있는 것은 아닐까라고 다시금 심각하게 고민하지 않으면 안 되었다.

그로부터 얼마 지나지 않아 이번에는 태원 시내에 귀신의 집이 있다는 기괴한 소문이 마을 전체에 퍼지기 시작했다.

어떤 남자가 급사해서 장례식을 마치고 2, 3일 후, 죽은 남자와 동거하고 있던 바람둥이 여자가 세력가인 도급업자의 집으로 들어간 것이 발단이었다. 여자의 변심에 원한을 품은 죽은 남자는 망령으로 나타나서 도급업자와 바람둥이 여자를 괴롭힌다는 것이다. 그 도급업자 밑에서 일하는 S씨와 알고 지내는 사이었기 때문에 죽은 남자가 나타날 때의 상태를 물어보니,

"도로를 마주보고 있는 방에 젊은이 5, 6명과 같이 자고 있으면, 매일 밤 정해진 시각에 갑자기 도로의 한 면이 대낮처럼 밝아지는 듯한 느낌이 듭니다. 그때 출입구 쪽을 보면 구름 덩이 같은 물체

가 보이고, 점차 형태를 갖추면서 인간과 같은 모습으로 변하는데, 그 얼굴이 죽은 남자를 빼닮은 것입니다. 또 나왔구나라고 생각을 하는 순간, 유령의 눈과 마주치게 되면 더는 몸을 움직일 수 없게 되지요. 유령은 다리가 없다는 얘기를 확인하려 해도, 전신의 정기가 유령에게 빨려버려 한눈을 팔 틈이 없기 때문에, 아직까지 확인하지 못한 것은 안타까울 따름입니다. 유령은 다리가 없다는 말도 이런 사정이 있었기 때문이 아닐까요? 이 유령이 서있는 동안에는 안방에서 도급업자와 여인의 괴로운 듯한 소리가 들립니다. 더군다나 유령의 모습은 나뿐 아니라 같이 자고 있는 모두에게도 또렷이 보이기 때문에 저만의 착각은 아닙니다. 우리들은 그 유령에게 원한을 사지 않았기 때문에 처음에는 무섭다는 생각이 안 들었지만, 나타날 때마다 몸을 움직일 수 없는 것과 사라진 후에 등줄기가 시원해지는 느낌이 드는 것에는 두 손 두 발 다 들었어요."

라고 털어놓았다.

이 유령이 나오고부터 병상에 누운 바람둥이 여자는 10일 만에 죽었고, 매일 자포자기하고 술만 마시던 도급업자는 공사상의 비리가 발각되어 여자가 죽은 지 3주 뒤에, 태원 번화가에 "…영구히 중화민국에서 퇴거를 명함"이라는 헌병대의 공고를 받았다.

-------------------O------------------------------O-------------------

이처럼 견문에 의한 괴이 현상은 무언가에 의한 착각에 기인하는 것만은 아니었다. 죽은 사람의 혼은 모여 모습을 바꾸고, 말을 할 수 있게 되는 경우도 생각할 수 있는데, 설령 착각이라 해도, 죽은 사람의 혼의 일념이라고 해도 자신을 되돌아보아 부끄러움이 없다고 하는 올바른 신념을 평소부터 가지고 있는 사람이라면, 어떠한 괴이 현상을 접하더라도 쉽게 공포를 느끼는 경우는 없을 것이다. '의심(疑心), 암귀(暗鬼)를 만든다'는 이러한 심리를 간결하게 가장 잘 표현한 말이다. 지금까지 이야기와 비슷한 모든 현상을 전부 괴이 현상이라고 치부해 버리면, 일상생활에서 벌어지는 수많은 다툼, 투쟁, 범죄 등은 살아 있는 괴이 현상이라고 말할 수 있다. 각 계급의 사람들이 각자의 입장에서 올바른 신념에 의해 바른 행동을 한다면 사회 전반의 살아 있는 괴이 현상도 발붙이지 못하게 되어, 좀 더 살기 좋은 밝은 세상이 될 것이다. 설사 올바른 신념과 올바른 신념이 부딪히는 경우가 있어도 전면적으로 반발하는 것이 아니라 어느 부분에서는 기필코 일맥상통하는 조화를 찾아낼 수 있을 것이다.

* 『朝鮮遞信』 282号, 1941.11

조선의 괴담

●

최남선(崔南善)

館界革新之先驅

第三卷第十號・通卷第十六號

昭和十二年十月

朝鮮総督府圖書館

최남선(崔南善) 「조선의 괴담(朝鮮の怪談)」 『文献報國』 第3巻10号, 1937.10

제9회 명사 강연

중추원(中樞院) 참의 최남선 씨

소개드리겠습니다. 이번 달 모범 주간의 명사 강연은 중추원 참의를 하고 계신 최남선 선생님께 부탁드렸습니다. 선생님은 현대 조선을 대표하는 훌륭한 학자의 한 사람으로, 학문은 다방면에 걸쳐 있어, 특히 일본과 중국, 조선의 3국에 대해 조예가 깊고, 경(經), 사(史), 문(文)은 물론 아(雅)와 속(俗)에 걸쳐 있습니다. 무릇 학자라 함은 교훈적인 이야기에 심취하고, 선인들과 스승의 뒤를 따르는 사람이 많지만, 선생님은 전인미답의 길을 개척하고 계십니다. 또한 달필가로서도 명성이 높으십니다. 이처럼 매우 훌륭한 분이심에도 불구하고, 나이도 많지 않으시고, 보시는 바와 같이 젊고 활기가 넘치고, 학자로서도 한창 주가를 올리고 있는 분이십니다. 이런 분을 모시고 이야기를 들을 수 있다는 것을 영광으로 생각합니다. 오늘은 조선의 괴담에 대해 이야기를 해 주시겠습니다. 주의 깊게 들어주시기 바랍니다. (하기야마(萩山))

분에 넘치는 소개를 받았습니다만, 과찬의 말씀이라 몸 둘 바를 모르겠습니다. 저는, 지금 여러분의 뜨거운 학구열을 보고, 매우 놀란 상태입니다.

여름에 어울리는 화제로 괴담을 고른 것입니다만, 비가 내리는 밤이 아닌 아침 햇살이 유리창에 비쳐 환한 지금 이 시간은 괴담과는 어울리지 않기는 합니다. 조선의 속담에 '낮에 나오는 도깨비'라는 말이 있습니다 이 의미는 나와서는 안 될 때에 나온다는 뜻인데요. 오늘의 강연은 낮에 나오는 도깨비 같은 느낌입니다. 괴담이라고 하면 학문적으로는 어려운 주제입니다. 요괴박사인 이노우에 엔료(井上圓了) 선생님은 방대한 '요괴학'이라는 책을 집필했습니다만, 그 책에 의하면 심괴(心怪), 물괴(物怪)와 대립되는 개념으로 이괴(理怪)라는 것이 있습니다. 이 '이(理)'라는 말에는 매우 깊고 넓은 범위를 지니는 단어입니다. 이노우에 선생님은 '이'란 세계 최고의 진리로서, 마음의 어둠을 내치는 세계의 절대 진리인 진여(眞如) 정신이라고도 할 수 있다고 설명하고 있습니다. 이것이 요괴학의 취지로, 따라서 이괴는 요괴의 대상에서 제외되어 있습니다. 괴담은 괴물들의 이야기로 요괴변화 등에 관한 이야기입니다.

아시다시피 오래된 문화전통이 있는 국민들은 각각 특질이 있습니다. 셈 민족의 종교, 그리스 민족의 예술, 중국 민족의 문학이 그렇지요. 같은 문학 안에서도 서로 다릅니다. 그리스 문학에는 투쟁이 있습니다. 신화를 보면 알 수 있는데, 천지, 인사, 제반 현상을 신으로 표현하고, 그들을 부모형제의 관계로 설명하고 있습니다. 그리고 그런 모든 관계에는 다툼이 존재합니다. 인도 문학은 교훈을 목적으로 하는 우화, 페이블이 주 내용입니다. 이에 비해 중국 문학의 특색은 괴이한 설화가 내용의 주를 이루고 있다는 점입니다. 아시다시피 중국의 학문은 진시황의 억압으로 인해, 그 이전의 많은 학문이 소멸됐습니다. 그렇기 때문에 전문가가 아닌 이상, 현존하는 것만으로는 진정 오래된 모습과 내용을 알 길이 없습니다. 경사(經史)는 제외하고라도 괴담이 기록된 문학적인 것만 예를 들자면, 목천자전(穆天子傳), 산해경(山海經)과 같은 책이 있습니다. 제자백가 중에도 특히 훌륭한 학자이자 사상가라고 여겨지는 장자(莊子)의 책은 깊고 그윽한 우주원리를 설명하면서, 동시에 많은 괴담을 이용하고 있습니다. 이것이 발전해서 신선가, 도가가 됩니다. 나아가 불교와 접목이 되어 중국에서의 괴담의 세계는 경계가 허물어지고 그 영역을 넓혀가게 되는 것입니다. 이러한 여러 요인이 복합적으로 작용해 중국문학의 주류는 괴담 중심으로 발전되어가는 형태를 취합니다.

이러한 연유로 세계 속의 괴담 국민이라고 하면 중국을 들 수 있지만, 흥미롭게도 중국의 대표적 성인인 공자(孔子)는 괴이, 귀신을 이야기하지 말라고 하고 있습니다. 이는 언뜻 보면 모순되는 듯 보이지만, 곰곰이 생각해 보면 중국인이 괴담을 즐기는 풍습이 있기 때문에 위와 같은 공자의 말이 더욱 의미를 가지게 된다는 것을 알 수 있습니다. 여하튼 예전부터 저는 중국이 대표적인 괴담국이라고 생각하고 있습니다. 서양의 괴담에 대해서는 잘 모르겠지만, 동양의 괴담은 그 원류를 찾아보면 대부분은 중국에 다다를 것입니다. 설화 학자 중에는 세계 속의 설화의 발상은 인도라고 하는 사람도 있습니다만, 저는 동양 괴담의 발상은 중국이 아닐까라고 생각하고 있습니다. 우선 조선의 괴담을 조사해보면 거의 대부분이 중국에서 온 것으로 여겨집니다. 이는 일본도 마찬가지로, 일본에서 만들어진 괴담이라고 보여지는 것도 조사해보면 중국 괴담의 재탕, 삼탕인 것도 적지 않습니다. 일본문학의 대부분이 중국의 영향을 받았다고 생각됩니다만, 『난소 사토미 팔견전(南總里見八犬伝)』이나 『하나부나조시(英草紙)』와 같은 소설은 중국 소설을 완벽히 베꼈다고 할 수 있습니다. 이야기 오락물인 라쿠고(落語)나 고단(講談)과 같이 일본적인 예능도 잘 살펴보면 뼈대는 대부분 중국에서 온 것입니다. 조선도 일본도 독자적인 괴담을 찾는 것은 매우 어려운 작업입니다. 지금은 전문적인 조사를 필요로 하는 이야기는 잠시 접어두고, 쉽게 알 수 있는 이야기를 몇 개 하도록 하지요. 대체로 괴담은 문화를 고찰하는 데에 있어서 매우 중요합니다. 특히 국민성의 한 부분을 살펴보는 데 아주 좋습니다. 여러 사상적 표현물이 국민의 사상을 표현하는 것은 당연한 일입니다만, 유희적 성격을 띠는 괴담에도 국민 사상은 잘 표현되고 있습니다. 예를 들어 조선의 괴담을 통해 낙천적인 조선인의 민족성을 확인할 수 있습니다. 이러한 점은 괴담뿐 아니라 일반문학, 설화에도 잘 나타나 있습니다. 조선의 괴담에는 머리칼이 곤두서고, 닭살이 돋고, 소름이 끼치는 이야기, 즉 스릴감이 있는 이야기는 없습니다. 실로 담백한 이야기입니다. 이러한 점은 일본도 마찬가지입니다. 외국에서 전래된 이야기를 제외하고는 모두 담백한 이야기로, 소위 집요한 이야기는 없습니다. 라프카디오 헌(Lafcadio Hearn, 고이즈미 야쿠모(小泉八雲))이 '괴담'이라는 제목으로 소개한 일본의 괴담은 세계적으로 널리 읽히고 있는데, 이는 대부분이 일본 독자적인 것이 아닌, 중국유래의 것입니다. 헌은 일본에 오기 전에 중국, 인도를 구석구석까지 둘러본 사람입니다. 그런 사람이 중국 발상의 괴담을 일본의 괴담으로 소개하고 있다는 점도 재미있습니다. 물론 그러한 괴담에 일본의 독특한 인정, 풍속 등, 일본색이 가미 되어있습니다. 헌은 일본의 아름답고 좋은 점을 많이 소개하고 있습니다. 마치 메이슨(Joseph Warren Teets Mason)이 일본 신도(神道)의 좋은 면을 소개하는 것처럼, 헌은 일본에 이러한 우아한 면이 있다고 소개하고 있습니다. 하지만 사실 헌이 소개한 내용은 일본의 것이 아닙니다. 특히 스릴감 넘치는 이야기는 모두 중국 이야기입니다. 간단히 나눠보면 일본, 조선의 특색이 드러난 이야기는 담백하고, 중국이나 인도의 이야기는 집요하고 장황하다고 할 수 있습니다.

다소 예를 들어보겠습니다. 지금부터 300여 년 전에 쓰인 『어우야담(於于野談)』이라는 설화집이 있습니다만, 이 안에 다음과 같은 이야기가 있습니다. 후일 상국(相國), 즉 재상에 오르는 신숙주(申叔舟)가 알성시(謁聖試)를 보기 위해 친구와 성균관에 가니, 길에 이상한 것이 있었습니다. 윗입술은 하늘로 향하고 아랫입술은 바닥에 붙어 있는 괴이한 모습에 친구는 놀라 다른 길로 갔지만, 신숙주는 개의치 않고 그 괴물의 입속으로 들어섰습니다. 그러자 안에 파란 옷을 입은 동자가 있어 이제부터는 만사에 도움을 줄 테니, 자신을 데리고 가라고 말을 하는 겁니다. 이후 길흉화복을 알려주는 이 동자의 도움으로 신숙주는 시험에도 합격하고, 이윽고 높은 지위에 이르게 됩니다. 그런데 어느 날 동자가 눈물을 흘리며 가야할 때가 됐다고 했는데, 결국 신숙주도 죽었다고 하는 이야기입니다.

이처럼 인간의 형상을 한 괴물 이야기는 더 있습니다. 『해동명신록(海東名臣錄)』에 기록된 송희규(宋希奎)의 이야기가 그렇습니다.

송희규가 어렸을 때 도형(都衡)이라는 스승에게 가르침을 받고 있었는데, 어느 날 해질무렵 서당에서 집으로 돌아가던 길에 한 아주머니가 살갑게 말을 건네는 겁니다. 송희규가 뒤를 돌아보니 그 아주머니의 얼굴 크기가 담벼락 한 면 만했습니다. 이는 괴물임에 틀림없다고 여겨 주먹으로 때리니 괴물의 얼굴이 점점 작아져서 얼마 안 돼 사라지고 말았다고 합니다. 다음은 성현(成俔)이란 사람이 지은 『용재총화(慵齋叢話)』에 수록된 이야기입니다. 작가가 어렸을 적에 손님을 한강까지 배웅하고 돌아오는 길에 염초청교(焰硝廳橋) 근처, 그러니까 지금의 호라이초(蓬萊町)라는 곳까지 왔을 때, 타고 있던 말이 거품을 물고 앞으로 나아가지 않는 것입니다. 이상하게 여긴 작가가 자세히 보니 어둠 속에 무섭게 생긴 큰 남자가 길을 막고 서서, 입으로는 불을 뿜고 있었습니다. 갓을 쓰고 키는 수십 척이 되었으며, 얼굴은 쟁반처럼 크고, 눈은 불이 붙은 것 같았는데, 얼마간 보고 있자니 저절로 사라졌다고 하는 이야기입니다.

이처럼 인간의 모습을 한 괴이한 존재는 문헌에 많이 기재되어 있습니다만, 이들을 같은 모티브의 중국 괴담과 비교해보면, 조선의 괴담이 얼마나 담백한지 알 수 있습니다. 『수신기(搜神記)』에 삼국의 위(魏)나라 시절, 돈구(頓丘)라는 곳에 살던 사람이 말을 타고 밤길을 가고 있었습니다. 그 때 형태는 토끼와 같고 두 눈은 거울과 같은 괴물이 말 앞으로 갑자기 튀어 나왔습니다. 깜짝 놀라서 말에서 내려서 보니 괴물이 덤벼들어서 숨을 쉴 수가 없었습니다. 얼마 있어 정신을 차리고 보니 괴물은 사라지고 없었습니다. 다시 얼마간 가다보니 이번엔 한 행인을 만났습니다. 행인은 인사를 하더니 좀 전에 괴물이 달려들은 이야기를 했습니다. 돈구에서 사는 사람은 좀 의아하게 생각됐지만 대수롭지 않게 여기고 같이 길을 걷기 시작했습니다. 행인이 괴물은 어땠냐고 묻기에 느낀 대로 대답했더니 그렇다면 자신의 얼굴을 보라고 하는 것입니다. 얼굴을 보자 좀 전에 만났던 괴물이기에 너무나 놀라, 결국은 병에 걸려 죽고 말았다는 이야기입니다. 『이문총록(異聞叢錄)』에는 선화(宣和)7년(1125)의 이야기가 소개되어 있습니다. 상주(相州)에 사는 어느 서생이 과거에 급재하고, 임관해서 부임하기 위해 봉구문(封丘門)을 나서자 붉은 옷을 입고 보라색 홑옷을 머리에 뒤집어쓰고 있는 한 여인을 만났습니다. 젊은 나이었기에 얼마나 미인일까 슬쩍 보려고 하자, 여자는 자신의 얼굴을 보면 예기치 못한 일이 벌어지기 때문에 안 된다고 하는 것이었습니다. 하지만 무슨 수를 써서든 얼굴이 보고 싶다고 생각하고 있었는데, 마침 돌풍이 불어왔습니다. 그 때를 틈타 얼굴을 들여다보니 눈도 코도 없이 밋밋한 얼굴이었습니다. 놀라 아무 말도 못하고 있자, 이번에는 요염한 목소리로 놀라지 말라고 합니다. 다시금 얼굴을 보자 이번에는 꽃도 저리가라 할 정도의 미인이었다고 하는 이야기가 있는데, 이제부터 소개하는 일본의 이야기와 비교해 보면, 『이문총록』의 이야기가 얼마나 기괴미와 전율성이 철저한지를 알 수 있습니다. 헌의 『괴담』에 '담비(貉)'라는 이야기가 있습니다.

도쿄(東京) 아카사카(赤坂)로 가는 길에 기노쿠니(紀國)라는 이름의 언덕이 있다. – 이는 기이(紀伊) 지방(國)의 언덕이라는 뜻이다. 왜 이 언덕이 기이(紀伊) 지방의 언덕이라고 불리게 되었는지는 나도 잘 알지 못한다. 이 언덕의 한쪽 편에는 예부터 매우 깊고 정말 넓은 해자가 있고, 그 해자를 따라 높은 울타리를 친 둑이 있고, 그 위는 정원으로 꾸며져 있다. 길의 반대편에는 기다랗고 광대한 황거(皇居)의 담이 길게 계속되고 있다. 가로등이 설치되고, 인력거가 흔해진 지금과는 다르게 그 주변은 저녁이 되면 너무나도 쓸쓸했다. 그렇기에 늦은 밤에 그 길을 걸어서 지나는 사람은 혼자서 이 기노쿠니 언덕을 오르기보다는 오히려 몇 리는 멀리 돌아가는 길을 택했다.

이는 모두 그 주변에 자주 출몰하는 담비(貉) 때문이었다.

그 담비를 마지막 본 사람은 약 30년 전에 죽은 교바시(京橋)라는 다리 방면에 살던 늙은 상인이었다. 상인이 한 이야기는 다음과 같다.

이 상인이 어느 날 늦은 밤 기노쿠니 언덕을 급히 오르고 있노라니, 홀로 울타리에 걸터앉아 통곡을 하고 있는 여자를 보았다. 해자에 몸을 던지는 것은 아닐까 걱정이 된 상인은 발길을 멈추고 도움을 주거나 위안을 해줄 생각이었다. 여자는 돈 많고 기품 있는 사람인 듯 복장도 아름다웠고, 머리는 민가의 여느 젊은 아가씨처럼 묶고 있었다. "아가씨"라고 상인은 여자에게 다가가 말을 걸었다. "아가씨, 그렇게 울 것 없습니다…. 뭔가 곤란한 일이 있다면 나에게 말씀하십시오. 말씀을 들어보고, 도와줄 길이 있다면 기꺼이 돕도록 하겠습니다."(실제로 남자는 자신이 말한 대로 하려고 했다. 왜냐하면 이 남자는 매우 친절한 사람이었기 때문이다). 하지만 여자는 울기를 멈추지 않았고, 긴 소맷자락으로 얼굴을 가리고 있었기에 상인은 여자의 얼굴을 볼 수 없었다. "아가씨", 상인은 최대한 부드럽게 다시 한 번 불렀다. "모쪼록 내말 좀 들어 주십시오. 이곳은 저녁에 젊은 아가씨 혼자 있을 만한 곳이 아닙니다. 제발 부탁드릴 테니 그만 우세요. 어떻게 하면 제가 도움이 될지 말씀해 주십시오." 서서히 여자는 일어났지만, 여전히 상인에게는 등을 향하고 있었다. 그리고 소매 너머로 훌쩍이고 있었다. 상인은 여자의 어깨에 가볍게 손을 얹고, 설득했다. "아가씨! 아가씨! 아가씨! 잠깐만이라도 괜찮으니 제 말을 들으십시오. 아가씨!…아가씨!…" 그러자 '아가씨'는 얼굴을 돌렸다. 그리고 소매를 내리고 손으로 자신의 얼굴을 쓰다듬었다. 얼굴에는 눈도 코도 입도 없었다. "으악!", 상인은 외마디 비명을 지르고 도망치기 시작했다.

단숨에 기노쿠니 언덕으로 달려 올라간 상인의 눈앞에는 어둠에 휩싸인 공허지대가 펼쳐졌다. 뒤돌아 볼 용기도 나지 않아 그저 달리고 달릴 뿐이었다. 얼마나 달렸을까. 저 멀리 반딧불처럼 등불이 빛나고 있었기에 그 쪽으로 달려갔다. 다가가 보자 불빛은 길가에서 국수를 파는 포장마차의 등불이었다. 하지만 아무리 하찮은 불빛이라도, 아무리 별 볼일 없는 사람일지라도 이미 귀신에게 혼쭐이 난 뒤였기에 상관이 없었다. 상인은 포장마차집 주인의 발밑에 몸을 던지듯 쓰러졌다. "아, 아, 아!! 아아!!…"

"아니. 무슨 일이오" 주인은 당황한 듯 이야기했다. "누군가에게 쫓기기라도 하는 것이오?"

"아니, 아니오. 그런 것이 아니오"라고 상인은 거친 숨을 내쉬며 이야기했다. "단지……으……어……."

"그럼 강도라도 만난 건가?"라고 주인이 무관심하게 듯 물었다.

"강도가 아닐세 강도가 아니야." 겁에 질린 남자는 신음하듯 대답했다. "나는 봤네……, 여자를 봤어……그…그 여자가 나에게 보여줬어……뭐…뭐…뭐를 보여줬냐고? 그건 말할 수 없네."

"에이! 그 보여줬다고 하는 건 이런 거였나?"라고 주인은 자신의 얼굴을 쓰다듬으며 이야기했다. 동시에 주인의 얼굴은 계란과 같이 변했다. …그와 함께 등불이 꺼져버렸다.

이 이야기의 내용은 좀 전에 소개한 중국의 이야기와 똑같습니다. 아니 그보다는 한 쪽이 다른 한 쪽을 그대로 베꼈다고 할 수 있습니다만, 순수한 조선의 이야기나 일본의 이야기와는 다르게 스릴감이 있습니다. 즉, 내용의 정도가 다르다고 할 수 있습니다.

또 다른 예를 들어볼까요? 『용천담적기(龍泉談寂記)』라는 서적에

수록된 이야기입니다. 채(蔡)라는 서생이 훈련원 근처의 집을 나서 거리로 나섰습니다. 참고로 이 훈련원이라는 것은 에도(江戸)시대의 처형장인 스즈가모리(鈴ヶ森)와 같이 적막하고 귀신이 나올 것 같은 장소입니다. 어슴푸레한 달밤, 길에 말로 표현할 수 없을 정도로 아름다운 여인이 있어서, 그 여인이 권하는 대로 청계천 옆의 훌륭한 여인의 집으로 가서, 환락을 나누었는데, 얼마인가 시간이 지나자 천둥이 치는 소리가 났습니다. 놀라 정신을 차리고 보니 돌다리 기둥에 옷을 걸쳐 놓고, 벌거벗은 상태로 자고 있었다는 것입니다. 천둥소리로 들은 것은 사실 새벽녘에 짐차가 다리 위를 지나는 소리였습니다. 이는 태평교 밑의 이야기로, 지금의 사범학교 뒤편입니다. 이 서생은 그 후 병에 걸려 무당에게 굿을 받아서 겨우 회복을 했다고 합니다.

『어우야담』에서는 어느 무사가 활쏘기를 연습하고 돌아가는 길에 수심에 잠겨있는 미인을 만납니다. 놀림이 섞인 말투로 물으니 남산자락에 산다고 하기에 혼자서 돌아가는 것은 위험하니 배웅해 주기로 합니다. 가서 보니 대단히 훌륭한 집으로, 집에는 아무도 없었기에 괜찮다면 하룻밤 묵고 가라는 여인의 말에 무사는 흔쾌히 승낙을 합니다. 마침 선반에 있는 술도 다 마셔버립니다. 여인의 몸에 손을 대니 마치 얼음장같이 차가워서, 여자에게 연유를 물으니 밤이슬을 맞아서일 것이라고 대답을 합니다. 다음 날 아침 밖으로 나와 물을 마시려고 우물에 가서 이웃사람들에게 물어보니까 그 집 사람들은 모두 전염병에 걸려서 죽고, 여자는 3일전에 죽었다고 알려줍니다. 무사는 이는 분명 자신의 의협심을 알아본 여인이 장례식을 부탁하려고 했음을 깨닫고 정성껏 장을 치루고 명복을 빕니다. 그러자 그날 밤에 무사의 꿈에 여자가 나타나 복을 받을 것이라고 알려주고, 그 말대로 무사는 출세를 하게 된다는 이야기가 있습니다.

비슷한 이야기를 중국에서 찾아보면, 이처럼 간단한 이야기가 아닙니다. 이 뒷 이야기가 더 있습니다. 마쓰무라(松村) 씨의 『전설의 중국(伝説の志那)』이라는 책에는 예로 아주 적절한 「여괴(女怪)」라는 이야기가 실려 있습니다.

괴담에 어둡고, 악랄함이 없다. 이것은 조선의 민족성이 낙천적이기 때문입니다. 이는 삼국지에 반도인의 기질을 가리켜서 '환호역작(歡呼力作)'이라고 한 데서도 알 수 있습니다. 헌은 『신국일본(神國日本)』이라는 책에서 일본의 민족성이 낙천적이라고 구구절절 쓰고 있지만, 이러한 심적 요소를 고려해야만 비로소 괴담의 내용을 음미할 수 있는 것입니다. 괴담과 민족성과의 교섭을 명확히 하기 위해서도 더욱 넓은 분야를 다시 한 번 살펴보지 않으면 안

됩니다만, 벌써 시간이 다 되었기에 생략을 하도록 하겠습니다.

원래 설화 연구는 응용 방면이 다양합니다. 오늘은 그 중에서도 괴담에서만 생각해 보았습니다. 괴담은 흔히 그로테스크(grotesque)라는 단어로 설명되어집니다만, 그 외에도 괴담을 통해 이야기할 수 있는 것은 많이 있습니다. 첫째, 괴담을 통해 시대정신을 알 수 있을 것입니다. 『삼국사기』나 『삼국유사』 등의 내용을 보면 호국신물(護國神物), 영수(靈獸)와 관련된 이야기 형태가 주류를 이루고 있습니다. 이는 삼국 쟁패전에 있어서 신라 국민의 왕성한 국민의식이 나타난 것입니다. 고려시대가 되면, 풍수, 즉 수도나 궁전 등의 지상(地相) 신앙과 관련된 이야기가 많습니다. 계속되는 외침에 신비한 힘의 가호에 의지하는 심리가 드러난 것입니다. 조선시대가 되면 괴담의 주류가 또 바뀝니다. 도술이나 천하장사와 같은 초인, 이른바 '이인(異人)' 관련 이야기가 많이 전해지게 됩니다. 이도 역시 현실에 대한 낙담을 비현실로 위로 받으려고 하는, 의지할 데 없는 마음의 표현입니다.

둘째로, 괴담에는 사회 상태가 나타난다는 점입니다. 예를 들어 조선의 괴담에서는 흉가에 깃든 귀신의 정체가 금은의 정령이었다든지, 뜻하지 않게 여의주를 손에 넣는다든지, 알지도 못하는 남자가 와서 재화를 맡겨 놓은 채 찾으러 오지 않아서 벼락부자가 된다든지 하는 괴담이 많이 전해지고 있습니다. 일반적으로 이런 괴담이 많이 읽혔다는 의미겠지요. 이는 사회가 전반적으로 빈곤했기 때문에 요행을 바라는 서민들의 심리가 반영되었다고 해석할 수 있습니다.

셋째로, 문화발달 과정을 엿볼 수 있다는 점입니다. 신라 시대 이야기에 『수이전(殊異伝)』과 같이 진나라 당나라와 같은 중국풍 소설이 많고, 고려시대에는 『삼국유사』에서 보이듯이 불교 유래의 이야기가 많습니다. 한편 조선시대에는 『전등신화(剪燈新話)』를 모방한 『금오신화(金鰲新話)』, 『소부(笑府)』를 이용한 『골계전(滑稽伝)』, 『요제지이(聊齋志異)』, 『우초신시(虞初新誌)』와 관련이 있는 『어우야담』처럼, 명청(明清)의 요괴이야기의 영향이 명백한 이야기가 많습니다. 각각 그때 그때의 문화의 조류를 있는 그대로 반영하고 있는 것입니다. 이런 식으로 괴담이라고는 해도, 사회생활과 문화의 내용을 고려하는 데에 있어서, 가볍게 볼 수 없는 가치가 있습니다. 고로 저는 몇 해 전부터 이런 방면의 고찰에 관심을 가지고 있습니다. 다만 오늘은 좀 더 자세한 이야기를 드릴 만한 여유가 없었던 것이 매우 유감입니다. 다소 횡설수설한 듯한 감이 있어 죄송할 따름입니다. (박수)

* 『文獻報國』 第3巻10号, 1937.10

꼬리말

'딸깍 딸깍' 하는 참으로 가벼운 나막신 소리가 들려왔다.
(「봄의 괴담—경성의 새벽 2시」)

귀신의 발소리를 연상하는 사람이 얼마나 될까. 하지만 적어도 「봄의 괴담—경성의 새벽 2시」의 작가 마쓰모토 요이치로는 귀신의 발소리를 '딸깍 딸깍'이라고 연상을 했다. 재미있는 점은 근대 이전의 시대인 에도시대에는 귀신(유령)은 발이 없는 존재라고 여겨졌다는 사실이다. 그래서인지 에도시대의 유령은 언제나 '홀연히' 나타난다. 이러한 특징은 연극 가부키(歌舞伎)의 연출에서 확연히 드러난다. 1808년에 지금의 도쿄인 에도에서 상연된 「이로에이리 오토기조시(彩入御伽艸)」라는 괴담극에 보이는 '아궁이 뒤쪽으로 도깨비불이 나타난다. 그러자 물병 옆으로 홀연히 고헤이지(小平次)의 유령이 나타난다.'와 같은 연출 지시가 그 예라 할 수 있다.

같은 해에 발간된 괴담 소설 『시모요노 호시(霜夜星)』(류테이 다네히코(柳亭種彦) 글, 가쓰시카 호쿠사이(葛飾北齋) 그림)에 수록된 그림만 보더라도, 유령의 발끝이 희미하게 표현되어 있는 것을 확인할 수 있다.

류테이 다네히코(柳亭種彦) 글, 가쓰시카 호쿠사이(葛飾北斎) 그림 "霜夜星"(1808), 大高洋司 소장

그렇다면 언제부터 일본의 유령이 발을 얻게 되었을까? 그 시작을 산유테이 엔초(三遊亭圓朝)의 라쿠고(落語) 작품 『모란등롱(牡丹燈籠)』(1860년대 초반 성립)이라고 하는 점에는 큰 이견이 없을 듯하다.

> 우에노(上野)의 새벽 1시를 알리는 종소리가 '땡'하고 시노부가오카(忍ヶ岡)의 연못에 울리고,(중략) 언제나처럼 네즈(根津)의 시미즈(清水) 쪽에서 굽 높은 나막신 소리가 들린다. '딸깍 딸깍'

사랑하는 남자와 사랑을 맺지 못하고 죽음을 맞이한 오쓰유(お露)는 유령이 되어 매일 밤 연인의 곁을 찾아온다. '딸깍 딸깍'하는 나막신 소리는 오쓰유의 등장을 관객들의 청각에 호소하는 장치이다. 엔초의 라쿠고는 매우 인기가 많았고, 덩달아 『모란등롱』은 당대를 대표하는 괴담으로 자리 잡아, 가부키와 영화, 소설로 그 영역을 넓혀갔다. 이후 나막신 소리는 유령의 등장을 알리는 하나의 상징으로 여겨지게 되었다.

『모란등롱』은 중국의 『전등신화(剪灯新話)』에 수록된 동 제목의 단편 이야기에 영감을 얻은 엔초가 새롭게 만든 이야기이다. 하지만 원작에는 나막신의 소리는 묘사되고 있지 않다. 라쿠고는 연기자가 모든 장면을 자신의 입으로 설명을 해야 했다. 그렇기에 보다 효과적으로, 보다 자극적으로 청중들을 자극하려 했던 엔초가 '딸깍 딸깍'하는 효과음을 넣었다는 것을 알 수 있다. 결국 일본의 유령은 엔초 덕분에 다리를 얻게 된 셈이다.

「봄의 괴담-경성의 새벽 2시」에 영향을 준 작품은 『모란등롱』뿐만은 아니다. 『반슈사라야시키(播州皿屋敷)』라는 제목으로 1741년에 초연된 이후, 여러 파생작품을 낳았던 괴담 역시 본 작품에 영향을 미쳤다. 여기에 등장하는 오키쿠(お菊)는 집안의 보물인 접시를 분실했다는 누명을 쓰고 억울한 죽임을 당한 후 우물에 버려

진다. 그날부터 매일 밤, 우물가에는 오키쿠의 유령이 나타나 '한 장, 두 장, 세 장, …'하고 접시를 센다. 우물 앞에서 접시를 세는 오키쿠의 모습은 빨간 우체통 앞에서 '오늘은 시월 사일 나흘 뒤에 이 편지가 도착하면……'이라고 중얼대는 '삼거리 빨간 우체통'의 오나카의 모습을 연상시킨다.

그 외에도 떡을 사러오는 오시게의 이야기는 일본의 오래된 괴담 '아이를 키우는 유령(子育て幽靈)'을 그대로 이용하고 있다. 결국 이 작품은 일본에서 이미 널리 알려진 유령들을 하나의 무대 위에 올려놓은 것에 지나지 않는 다는 것을 알 수 있다.

마쓰모토 요이치로는 영화 평론가 마쓰모토 데루카라는 또 다른 얼굴을 지녔던 잡지기자이다. 당시의 영화는 가부키와 밀접한 관계가 있었다. 머리글의 '식민지에서 생활하던 이들 일본인의 이야기가 마치 일본의 촬영 세트장에서 일어나고 있는 것과 같이 영화적 환영을 제공한다'는 말을 상기해 보자. 마쓰모토 요이치로는 경성 거리를 배경으로 일본의 귀신(유령)의 올스타를 모두 등장시켜 「봄의 괴담-경성의 새벽 2시」를 완성한 것이다.

편용우

식민지 조선 괴담집

경성의 새벽 2시

초판 1쇄 발행 2015년 6월 26일

엮고 옮긴이 편용우・나카무라 시즈요

펴낸이 이대현
편집 권분옥 이소희 오정대 이태곤 문선희 박지인
디자인 이홍주 안혜진 | **마케팅** 박태훈 안현진
펴낸곳 도서출판 역락 | **등록** 303-2002-000014호(등록일 1999년 4월 19일)
주소 서울시 서초구 동광로46길 6-6(반포4동 577-25) 문창빌딩 2층(우137-807)
전화 02-3409-2058(영업부), 2060(편집부) | **팩시밀리** 02-3409-2059
이메일 youkrack@hanmail.net
역락블로그 http://blog.naver.com/youkrack3888

ISBN 979-11-5686-198-0 03830
정 가 9,000원

* 이 도서의 국립중앙도서관 출판예정도서목록(CIP)은 서지정보유통지원시스템 홈페이지(http://seoji.nl.go.kr)와
국가자료공동목록시스템(http://www.nl.go.kr/kolisnet)에서 이용하실 수 있습니다.(CIP제어번호 : CIP2015016942)